木宮条太郎

水族館メモリ

実業之日本社
文庫

Contents

主な登場人物・イルカ&用語集

嶋 由香
アクアパーク・イルカ課担当。運営母体の千葉湾岸市から出向し、一年後、同館に転籍。梶と職場結婚。新婚。

梶 良平
アクアパーク所属。由香の先輩。館長直属にて、海遊ミュージアムとの姉妹館プロジェクトに従事。由香と職場結婚。新婚。

兵藤(ヒョロ)
アクアパーク・イルカ担当。高校を中退してアクアパークに入館。

岩田
アクアパーク・海獣グループ統括チーフ。

吉崎(姉さん)
アクアパーク・マゼランペンギン担当。

倉野
アクアパーク管理部課長。魚類展示グループ課長を兼務。

今田修太
アクアパーク・魚類展示グループ担当。

内海
アクアパーク館長。

ニッコリー(X0)
アクアパーク生まれの子イルカ。オス。ニッコリーの他、アクアパークには、ルン(F3)、勘太郎(B2)、赤ちゃんイルカがいる。

ミユちゃん
今田修太の娘。小学生。アクアパークのキッズモニター。

辰ばあちゃん
地元の名店、焼ハマグリ屋の先代。

井達(イタチ室長)
ウェストアクア(運営母体の一つ)の事業監査室長。

黒岩
映像企画制作会社『黒岩企画』の元代表。現在フリー。

アクアパーク
千葉湾岸地区にある中規模水族館。千葉湾岸市とウェストアクアの官民共同運営に移行。ウェストアクアを通じ、海遊ミュージアムとは姉妹館となる。

海遊ミュージアム
従前の呼称は関西水族館。日本有数の規模と歴史を誇る名門。

ウェストアクア
水族館部門を有する中堅設備会社。海遊ミュージアムの運営に参画後、アクアパークの運営にも参画。

水族館メモリーズ

Aquarium Memories

アクアパークは千葉湾岸市にある中規模水族館。

嶋由香は市役所本体から出向転籍。以来、水族を巡る様々な経験をし、職場の先輩、梶良平と結ばれた。

今、由香の脳裏に様々な光景がよみがえる。語り尽くせぬ水族の魅力と共に――

プロローグ

今日は予定外の休日。有効利用しない手は無い。

由香《ゆか》は掃除機を押入へと片付けた。

身を戻して、一息つく。今日は朝から体調が悪かった。幸い、今は急ぎの仕事も無く、無理することもない。休みを取って、医者へと行った。が、心配することは何も無し。帰宅と同時に、体調も回復した。一安心したものの、こうなると、やることが無い。取りあえず、新居の片付けをし、掃除に手をつけたのだが。

「終わっちゃったんだよなあ」

いつも「時間が無い」と騒いでばかりいる。なのに、いざ時間が余ると、何をどうしたものか見当もつかない。部屋の真ん中で、周囲を見回してみた。妙案は出てこない。もう一度、見回してみた。ため息だけが出てくる。

頭をかいた。鼻の頭もかく。

「どうしよっかなあ」

ガサッ。

物音の方へと目をやった。壁際の本箱から物が床へと落ちている。拭き掃除の際、本棚の物を移動して積み上げた。が、そのやり方が雑だったらしい。崩れて、床へと落ちている。

何やってるんだろ。

ため息をついて、壁際へ。かがみ込んで、手を床へ。落ちた本を一冊、一冊、本棚へと戻していった。だが、落ちているのは本だけではない。

見覚えのない箱が落ちていた。

「何だろ、これ」

手に取って、蓋を開けてみる。幾つもの写真束が入っていた。これは——新居へと移る際、持ってきた写真ではないか。お気に入りの写真は用紙へと打ち出し、長らくの間、机の引き出しに入れていた。そして、迎えた引っ越しのドタバタ。この箱に写真を放り込んで、そのまま……。

「忘れてたんだ」

危ない、危ない。前々から、気になってはいた。このままでは、いずれ、無くしてしまうのではと。まさしく今、無くす寸前にあったと言っていい。

「きちんと整理しなきゃ」

思いがけず休日となった一日——こんな時には「普段なかなかできないこと」に手をつけるのがいい。写真を整理して、アルバムへと格納するのだ。そうすれば、無くすこともない。いつでも思い出に浸ることができる。

よし。やることはある。

写真箱を手に、部屋の真ん中へと戻った。座り込んで、床に箱を置く。箱の中には輪ゴムで留めた幾つもの写真束。その中の一つを手に取った。

いつ頃の写真なんだろ。

一枚一枚、めくっていった。『マンボウの大水槽』、『初めてのペンギン給餌《きゅうじ》』、『ラッコの給餌ライブ』——どうやら、二、三年程前の写真が多いようだ。アクアパークの運営体制が変わった頃だろう。

「忙しかったよなあ」

ちょうど、この頃、先輩は極秘交渉の最前線にいた。交渉の相手方は中堅設備会社のウェストアクア。先輩は館長の命で『アクアパーク運営への参画』を打診していたのだ。交渉は二転三転する。が、なんとか話はまとまり、アクアパークは二者共同の運営へと移行した。千葉湾岸市とウェストアクア——官民共同の運営となったのだ。

これを契機に、いろんな事柄が一変する。

既に、ウェストアクアは老舗水族館『海遊ミュージアム』に参画していた。そのため、アクアパークは海遊ミュージアムと姉妹館に。そして、二館共通の運営基準作りが始まった。再び、先輩は千葉と関西とを頻繁に往復。大忙しで、話す時間も取れない。

自分は、一人、悶々《もんもん》としていた。

「もどかしかったよな」

先輩からアパートの鍵を渡されたのは、ちょうど、この頃だったろう。嬉《うれ》しかったのは事実だが、途方にくれた。鍵を乱用すれば、あきれられる。こんなことより、まずは顔を合わせて、ゆっくりと話をしたい。だが、それは、かなわない。

そんな悩みを相談できる人もいなかった。まだ、誰にも自分達のことを話していなかったから。二人のことを公にしたのは、結婚を決めてからのこと。この頃は、一人、悶々とするしかなかったのだ。

「同じ職場だもんなあ」

一方、先輩は仕事に追われつつ、実家との関係に苦悩していた。むろん、そんなことなど、この頃の自分は知る由もない。お互い、相手のプライベートにどこまで踏み込むべきか――距離感をつかみかねている頃だったが。

今となっては、全てが懐かしい。

懐かしさに浸りつつ、写真をめくっていった。めくるたびに、当時の肌感覚がよみがえってくる。これがたまらない。携帯画面では、こうはならないのだ。だからこそ、アルバムへと整理して……。

由香は手を止めた。

何だろ、これ。

手元の写真に目を凝らした。自分の姿が大写しになっている。麦わら帽子をかぶり、長袖を着ていた。そして、黒いサングラスに、首に巻いた白タオル。おまけに、ひしゃくを肩に担いでいる。奇妙キテレツなること、この上ない。

「あの時……か」

当時のことが、まざまざと頭に浮かんできた。恥ずかしい。だが、大切な一枚であることには変わりない。この束はあとで整理することにしよう。

箱へと戻した。別の束を手に取る。

一枚一枚めくっていった。『総合博物館の研究所』、『四国の居酒屋』、『浜辺での結婚式』――どうやら、最近の写真が多いようだ。だが、どれもこれも、随分と前のことのように感じられてならない。

「この時も忙しかったなあ」

ちょうど、この頃、アクアパークは、思いもよらぬ危機の中にあった。突如、千葉湾岸市が臨海エリア事業の見直しを公表したのだ。そして、存続危機が勃発。紆《う》余《よ》曲折をへて、運命のプレゼン会議を迎える。なんとか存続は決定した。その直後には浜辺で結婚式。まさしく、怒濤《どとう》に次ぐ怒濤の時期だったが。

今となっては、全てが懐かしい。

懐かしさに浸りつつ、写真をめくっていった。めくるたびに、当時の肌感覚がよみがえってくる。これがたまらない。携帯画面では、こうはならないのだ。だからこそ、アルバムへと整理して……。

由香は手を止めた。

何だろ、これ。

手元の写真に目を凝らした。自分の姿が大写しになっている。両手両足を広げて腰を落としていた。おまけに、拳を握っている。俗に言う『ふんばるポーズ』をしていた。奇妙キテレツなること、この上ない。

「あの時……か」

当時のことが、まざまざと頭に浮かんできた。恥ずかしい。だが、大切な一枚であることには変わりない。この束はあとで整理することにしよう。

箱へと戻した。別の束を手に……ちょっと待て。

由香は再び手を止めた。

二枚の写真には、かなりの時間差がある。およそ二年半くらいか。だが、『変なカッコ』の写真と、『もっと変なカッコ』の写真。まったく成長していないということではないか。いや、成長どころか、退化しているのではあるまいか。そうでなくとも、とんでもない路線へと暴走している可能性が……。

「いや、いや。そんなはずないから」

声に出して、自分自身で否定してみた。だが、自信は無い。膝元に二枚の写真を並べて、腕を組んだ。その格好のまま、大きく息をつく。

落ち着いて、よく思い出してみよう。

まずは、最初の『変なカッコ』の写真からだ。黒サングラスに白タオル。確か、あれは……六月上旬、梅雨入り直前の頃。初夏の太陽が照りつけていた。そんな浜辺でのことだったが――

第一アルバム　クラゲの哲学

第一フォト　ヒミツばかりのナツ

1

臨海公園の浜辺には、初夏の日差し。だから、麦わら帽子をかぶるのは構わない。

黒いサングラスも理解できる。だが、長袖を着て、首には白タオル。なぜだ？

由香は汗だくでリアカーを引いていた。

カシャ。

背後でカメラの音がする。顔をしかめた。こんな姿を写真に撮られてはたまらない。

リアカーを停め、後ろへと振り向いた。

「修太《しゅうた》さん、写真はだめっ」

リアカーの後ろには、魚類展示グループ担当の修太さんがいた。修太さんも自分と同じ格好をしている。頭をかきつつ「でもねえ」と言った。

「なかなか撮れない写真だから。貴重な写真になると思うんだよね」

「だめったら、だめっ」

修太さんは渋々、携帯を下ろした。

前へと向き直り、再び足を進めていく。どこを目指しているのかは分からない。修太さんの指示に従い、リアカーを引いているだけなのだから。「ともかく浜辺の遊歩道を西へ」とのこと。だから、こうして西へ。ひたすら、足を進めているのだが……。

先程より、リアカーが重い。なぜだ？

背後からは楽しげな雰囲気。鼻歌まで聞こえてくる。顔をしかめた。こんなことをされてはたまらない。リアカーを停め、後ろへと振り向いた。

「修太さん、荷台に座っちゃだめっ」

「なかなかできない経験だから。貴重な経験になると思うんだよね」

「だめったら、だめっ」

修太さんは渋々、腰を上げた。

荷台が揺れる。

荷台には幾つもの空バケツが積まれていた。更には、巻かれたロープに、蓋付きのビン。クーラーボックスやひしゃくもある。なぜ、こんな物をリアカーに積むのか分からない。何もかも趣旨不明としか言いようがない。

ため息が出てきた。

どうして、こんなことになったんだろ。

事の発端は、昨日、夕刻のこと。自分は連日続く大掃除にうんざりしていた。ラッコ館の大掃除、濾過《ろか》槽の点検大掃除、イルカプールの水苔《みずごけ》取り掃除……水苔取り掃除の終了後、自分はタワシを放り投げた。そして、プールサイドへと寝転がり、大の字に。目をつむった。既に閉館時間は過ぎている。このくらいのことは許されていい。

潮騒が聞こえていた。すぐ近くに初夏の海はある。

「海に出たいよなあ」

「構わねえぜ」

漏らした独り言に、なぜか、言葉が返ってきた。目を開けると、誰かが自分をのぞき込んでいる。

「岩田《いわた》チーフっ」

慌てて、身を起こした。岩田チーフは海獣グループの統括チーフ。自分にとっては、直属の上司にあたる。まずいところを見られた。

「いや、不満ってわけじゃないんです。ささやかな願望と言いますか、ちょっとした心の叫びとでも言いますか」

「心の叫びとなりゃあ、無視するわけにもいかねえな。ちょうど、いいや。明日は、思う存分、初夏の海を満喫してきな」

「へ？」

なにやら嫌な予感がした。この言葉に乗ってはならない。

「いえ、その……気にしていただく程のことでは。叫びは叫びでも、小声の叫び。もう、ささやきみたいなものでして……」

だが、チーフは聞こうとしない。「話はついたぜ」と言いつつ、背後へ目をやった。

数歩離れて、修太さんが立っている。

「じゃあ、修太、あとは頼まあ。どこに行くかは任せるから。お姉ちゃんに、たっぷり初夏の海ってやつを、教えてやってくんな。もちろん、『水族館スタッフとしての初夏の海』をな」

「イエッサー」

修太さんは大仰に敬礼した。

もう、何が何やら分からない。そして……分からぬまま、今こうして、浜辺へと来ている。そして、臨海公園の遊歩道にて、リアカーを引いている。アツアツのカップルに笑われた。親子連れには指をさされた。それでも西へ、西へと……。

「ストップ、ストップ」

背後から声が飛んできた。

「ちょっと止まって。遊歩道脇の砂浜にさ、砂茶碗があるんだよ」

「砂茶碗?」

リアカーを停め、遊歩道脇へ目をやった。そこには見事な茶碗が二碗。まだ焼く前のものだ。ロクロでひねり上げた直後とみえる。

「陶芸家さんの練習作品でしょうか。この近くに住んでるのかな」

「浜辺の砂じゃ、ロクロは回せないよ。崩れちゃうもの。それによく見て。茶碗の底が抜けてるでしょ」

確かに、底が抜けている。

誰よ。こんなの、作ったの。

前衛芸術的な茶碗ということだろうか。しかし、これでは使えない。首をかしげていると、修太さんは笑いながら、手をリアカーの荷台へ。クーラーボックスを抱え込んだ。そして、遊歩道の脇へ。茶碗の前でかがみ込む。

「これってさ、実は茶碗じゃないんだよね」

「いや、どう見ても茶碗ですよ、それ」

「そう。だから『砂茶碗』って呼ばれてんの。ツメタガイという貝がいてね、砂と粘液とタマゴで、こんなの、作っちゃうんだよ。卵塊《らんかい》って言うんだけどね。ただ、別に珍しいものじゃないよ。でも、知らない人も多いからさ、展示用に持って帰ろうと思って」

修太さんは砂茶碗を崩さないように拾い上げた。クーラーボックスの中へ。そして、荷台へと戻り、クーラーボックスを置く。「では、出発」と言った。

「西に向かって、レッツゴー」

再び西へ、西へ。臨海公園の出入り口を通り過ぎた。もう、遊歩道は無い。足元は砂地へと変わり、リアカーは重くなった。が、ここまで来れば、もう周囲の目は無い。笑われなくてすむ分、足も軽くなろうというものだ。

「ストップ、ストップ」

再び背後から声が飛んできた。

慌ててリアカーを止め、周囲を見回した。浜辺に何かが落ちている。あれは……中華麺ではないか。ひどい人もいるものだ。浜に中華麺を捨てるなんて。

「取りあえず、拾っときますか。ゴミとして」

「拾うよ。だけど、ゴミとしてじゃない」

修太さんは、またクーラーボックスを抱えて、中華麺の元へ。丁寧に拾い上げて、クーラーボックスへと入れる。立ち上がりつつ、「これはねぇ」と言った。

「アメフラシの卵塊。でも、どう見たって中華麺でしょ。俗に『海素麺《うみそうめん》』って呼ばれてんの。これとは別に、『ウミゾウメン』という名の海藻もあってさ、こっちはソバに似てんだよ。ややこしいよね」

修太さんは顔をほころばせている。荷台へと戻り、クーラーボックスを置いた。

「海素麵も、別に珍しくはないんだよ。でも、砂茶碗と同じで、知らない人、多いでしょ。だから、展示用に持ち帰ろうと思って。アメフラシの水槽の横に置けば、興味を持ってもらえそうだからねえ」

「あの、持ち帰って……大丈夫なんですよね」

「こういうの、『漂着物の調査』って言うんだよ。定期的にやって、記録してんの。もちろん、管理事務所から許可はもらってる。初夏の浜って、いろんな物が流れ着いてるから、楽しいんだよねえ」

なるほど。

「チーフが言ってたことの意味、ようやく分かってきました。『水族館スタッフとしての初夏の海』――あれって、こういう意味だったんですねえ」

「いや、違うから。砂茶碗も海素麵も『ついでに』程度なんだよ。まあ、付録みたいなものかな」

「付録みたいなもの？」

「漂着物の調査だけなら、わざわざ、リアカーを引いたりしないでしょ。肩にバケツかクーラーボックスを掛けてれば十分。こんなに、たくさんの道具類なんていらない。

目的地はまだ先」

「あのう……これから、どこへ？」

「もう見えてるよ。あそこが目的地」

修太さんは浜の先を指さした。そこには西の浜の防波堤がある。

「あと、もう少し。がんばって。このリアカー引き、皆、一度はやらされるんだよ。僕も梶《かじ》も、新人の頃に経験してる。由香ちゃんは出向してきて、いきなりイルカ担当だったでしょ。だから、機会が無くてねえ。でも、経験はしておかなくちゃね」

何が何だか分からないことには変わりない。しかし、これは通過儀礼のようなものらしい。先輩もやったとなれば、自分もやらないわけにはいかない。

「さあ、行こ、行こ。防波堤に着いたらさ、全部、分かってくるから。この服装の意味も、持ってきた道具類の意味もね」

了解、と返して、前へと向き直った。リアカーの引き手を握る。そして、浜の先を見定めた。あの防波堤に『水族館スタッフとしての初夏の海』があるらしい。少しばかし、やる気が出てきたような気がする。

よし、あそこを目指して行く。

初夏の日差しが降りそそいでいる。由香は再びリアカーを引き始めた。

既にリアカーは浜に停めてある。よじ登るようにして、防波堤の上へと出た。むろん、麦わら帽子に黒サングラス。そして、長袖に白タオル。奇妙なる格好に変わりはない。

※　※

由香は声を潜め、修太に尋ねた。

「どう見ても、私達、不審人物ですよね。通報されません?」

「されたって、大丈夫だよ。ちゃんと管理事務所に言ってあるもの。ここってさ、関係者以外立入禁止のエリアなんだよ。だから、事前に許可は必須。管理部経由でさ、手続きしてあるから安心して」

防波堤の上はコンクリートの歩行路になっていた。沖の方まで歩いて行けそうだ。おそらく、管理事務所の人は幾度となく出入りしているのだろう。

「じゃあ、行こっか。リアカーから道具類も運んだしね」

「行くって、どこまで?」

「心配しなくていいよ。沖までは行かない。この格好だもの。まあ、浅瀬の範囲内かな」

そう言うと、修太さんは手を足元へ。巻いたロープと、重ねた空バケツを手に取った。それらを肩へとかけ、沖の方へと歩いていく。自分は空ビンとひしゃくを手に取った。修太さんの背を追い、防波堤を沖の方へ。

まぶしい。

周囲は全て海。潮風が身を包んでいた。だが、爽やかとは言いがたい。頭上からは初夏の日差し。一方、足元の海面からは照り返し。遮る物は何も無い。肌の露出した部分が焦げていく。なるほど。この格好でなければ、とても耐えられないだろう。

汗が滴った。暑い。

「修太さん、どこまで。そろそろ、浅瀬の範囲を越えるん……」

言葉を途中でのみ込んだ。修太さんは立ち止まって、海を見つめている。サングラスをズラしたり、元に戻したりしていた。そして、一人、うなずいている。つくづく感じ入ったように「夏だねえ」と言った。

「いい感じの盛り上がり」

「あのう、こんな所では盛り上がりようが」

「そういう意味じゃないって。あの辺りの海面がさ、少し盛り上がってんの。ここに来て、よく見て。目を凝らせば分かるから」

修太さんが海を指さした。

慌てて、その傍らへ寄る。目を海へと向けた。確かに、「盛り上がってる」ように見えなくもない。それに加えて、なにやら銀色に滲《にじ》んでるような……。

「カタクチイワシの群れじゃないかな。初夏の海っぽい光景だよねえ。予定外なんだけど、つい、見入って……」

修太さんは途中で言葉をのみ込んだ。

すぐ近くで水音がしたのだ。修太さんは、目を音の方へ。防波堤の近くで、流れ藻が漂っていた。その藻の先が不自然に揺れる。そして、本体から離れた。更には、なんと、空中へとジャンプする。ポチャ。

「うそ。藻が飛んだ」

「藻じゃないよ。たぶん、トビウオの幼魚。流れ藻を隠れ家にするんだよ。成魚と違って、ずんぐりしててねえ。太った蝶々《ちょうちょ》みたいな格好してんの。アクアパークに連れて帰りたくなるんだけど、今回は無理かな。そこまでの時間は無いから。まずは……」

修太さんは、また、途中で言葉をのみ込んだ。今度は何も言わずに、ただ海面を見つめている。が、しばらくして、突然、奇妙なことを言い出した。

「ちょっと見て。あの辺り、デコボコしてると思わない?」

盛り上がりの次は、デコボコか。

目を凝らして、見つめてみた。分からない。サングラスをズラして見つめてみた。やはり分からない。ただの海面ではないか。変わったところは何も無い。

「あの、何がデコボコ？」

「海がデコボコ。まあ、すぐに分かるから。しばらく横で見てて」

そう言うと、修太さんは歩行路にかがみ込んだ。バケツの取っ手にロープを括《くく》りつける。バケツを前にして、柏手《かしわで》を打った。

「うまくいきますように」

そう言うと、立ち上がって、空のバケツを海へと放り込んだ。何の工夫も無い。ただ放り込んだだけだ。当然、バケツは沈んでいく。だが、沈みきる前に、修太さんはロープをたぐり始めた。バケツを防波堤へと引き寄せていく。

いったい、何してんだろ？

狙いは先程見たトビウオの幼魚だろうか。それとも、最初に見たカタクチイワシか。どちらにせよ、そんな雑なやり方が通用するとは思えない。

「逃げちゃいますよ。どう考えても」

「逃げないよ。その点は楽なんだよ。もっとも、なるべくそっと、やんなきゃならないけどね」

そう言うと、修太さんは海へと腕を伸ばした。その腕に力を込める。防波堤の側面にぶつからぬように、バケツを引き上げた。海水入りのバケツを歩行路へと置く。それをのぞき込み「ラッキー」とつぶやいた。

「もっと、やんなきゃ」

そして、取っ手のロープを解き、次のバケツへ。

ロープを括りつけて、海へと放り込み、たぐり寄せる——そんな不可解な作業を繰り返すこと、七、八回。防波堤の歩行路には、青いバケツがずらりと並んだ。修太さんは両手両膝をつき、バケツをのぞき込む。

「これだよ、これ。いいよねえ」

そして、その姿勢のまま、ほくそ笑んだ。当然ながら、自分は首をかしげる。全くもって意味不明。もう謎と言うしかない。

「修太さん、防波堤の水って、特別なんですか」

「普通の海水だよ。どうして、そんなこと、きくの？」

「だって、わざわざ、海水をくみ上げたんですよね？」

「違うよ……ああ、そうか。屋外で青バケツだと、分かりづらいよねえ」

修太さんは独り合点してうなずいた。そして、四つん這《ば》いのまま、最初のバケツへ。その縁《ふち》へと手をかける。「ほら、見て」と言った。

「分かりづらいんだけど、いるんだよ。よく見て」

いる？

取りあえず、そのバケツの傍らへ。膝に手をつき、のぞき込んでみた。だが、やはり、何もいない。ただ、なにやらバケツの水面がデコボコしているようで……あ。

「何か光ってます。虹色に」

「光ってるんじゃなくて、反射なんだよね。透明な体に、クシみたいな組織。そこに光が乱反射して、ネオンサインみたいになっちゃう。でも、分かりにくいかな。透明な体だから」

「透明な……体？」

「これはツノクラゲ。透明度が高いから、バケツでは分かりにくいんだよ。このクラゲ、無茶苦茶、体がもろくてね。ちょっとした水流程度でも崩れちゃう。これはうまくいった方かな」

バケツに目を凝らしてみた。ネオンサインの部分以外はよく分からない。ただ、曖昧ながら、太いゴーヤ状のものがいるような、いないような……。

「まあ、他のバケツも見てみてよ。思ってたより、うまくいったから」

隣のバケツへと移動した。また身をかがめて、観察してみる。これも虹色ネオンだ。更に目を凝らしてみた。なんとなく輪郭は分かる。今度はゴーヤならぬウリってところか。

修太さんが上機嫌で言った。

「これはねえ、ウリクラゲって言うんだよ。見た目そのままの名前でしょ。クラゲの和名って、こういうのが多いんだよね。そこで問題。更に隣のバケツを見て。このクラゲの名前は、何でしょうか。これも見た目から。想像してみて」

隣のバケツをのぞき込んだ。ウリクラゲに似ているようだ。だが、割れている。実に表現しにくい。あえて言うとするならば。

「割れたウリクラゲ？」

「情緒が無いこと、言ってくれるねえ。割れてないって。もともと、こんな形なんだよ。名前はカブトクラゲ。戦国武将の兜《かぶと》に似てるから。まあ、ちょっと、こじつけっぽいけどね」

状況がのみ込めてきた。どうやら、自分達はクラゲを収集に来たらしい。

だが、どうにも釈然としない。ここにいるのは、本当にクラゲなのだろうか。ウリクラゲもカブトクラゲも、名前通りの格好をしている。つまり、足が無い。本体の部分だけなのだ。

足はどこへいった？

「修太さん、クラゲって」

腰を戻して、両腕を大きく左右に広げた。傘の格好をしてみせる。

「こぉんな格好ですよね。傘みたいな格好。で、紐《ひも》みたいな足とか、リボンみたいな足とか、いっぱいあって」

その場で足踏みをする。ついでに、揺れてみた。

「ゆったり、ゆらゆら。これがクラゲですよね」

本来ならば、専門用語で正確に伝えたいところだ。が、自分には知識が無い。こうして仕草で伝えるしかないのだ。しかし、幸い、その仕草で通じたらしい。修太さんは笑いつつ「実はねえ」と言った。

「クラゲって、二種類いるんだよ」

「二種類？」

「まずは、由香ちゃんがイメージしてる『アシゆらゆら』タイプ。もう一種類が、このバケツにいる『ポッチャリきらきら』タイプ。生物学的に言うと、別の生き物なんだよね。正確には、それぞれ『刺胞動物』と『有櫛動物』って言うんだけど」

刺胞《しほう》動物の方は聞いたことがある。刺す細胞を持っている生き物ではなかったか。だが、二つ目の方は聞いたことがない。

「あのう、二つ目の方……ナニ動物？」

「ユウシツ。『櫛《くし》』っていう漢字、音読みにすると『シツ』なんだよ。櫛が有ると書いて、有櫛。読めないよね。だから、通称の『クシクラゲ』って言うことの方が多いかな」

修太さんはバケツへと目を落とした。

「このクラゲは、そのクシクラゲの方。きらきら輝く『櫛』はある。けれど、『刺胞』は無い。つまり、刺されることは無し。安全なクラゲなんだよ。でも、体はもろい。すぐに崩れちゃう」

確かに、最初に見たツノクラゲは、既に崩れていた。

「だから、クシクラゲの採集って、結構、運任せ。柏手も打ちたくなるよね。帰りも大変なんだよ。海水ごと、持ち帰るから。重くてさ、手で運ぶのは無理なんだよね。でも、規則があって、浜に車両は入れない。だから、リアカー。これも事前に管理事務所と相談してあるよ。あとで揉《も》めると、嫌だからね」

ようやく様々な事情が分かってきた。が、まだ解けていない疑問はある。

「修太さん、さっき『海がデコボコ』とか言って、バケツを放り込みましたよね。でも、私、さっぱり分からなかったんですが」

「クラゲが群れてると、海のきらめきが少し違うんだよ。なんとなく、デコボコに見える。由香ちゃんも慣れれば、分かるようになるから。だって、『クシクラゲっぽいのが群れてるぞ』って教えてくれたの、梶だから」

「先輩が？」

瞬《まばた》きした。

先輩は、最近、関西にある海遊ミュージアムへの出張が、やたらと多い。ほとんど、向こうで仕事をしている。今週に入ってからは、ずっと顔を見ていない。

「今、戻ってきてるんですか」

「昨日、ウェストアクアの本社でさ、ある偉いさんが急に言い出したらしいんだよ。『現地を見たい』って。で、梶のやつ、今日は一日、案内役をやってるみたい。午前中は臨海公園全体の環境を説明したのかな。それで、この防波堤まで来て、クシクラゲに気づいたんだと思うけど」

「じゃあ、その時に、修太さんへ電話を？」

「たぶんね」

修太さんは、なぜか、頭をかいた。

「実はさ……最初は、アクアパークの裏手で手軽に済ませるつもりだったんだよ。でも、それじゃ、偉いさんと顔を合わせちゃうでしょ。ここなら、アクアパークから離れてる。それに案内済みなら、もう来ることも無し。安全だよね。まあ、由香ちゃんは梶と会えなくて、残念かもしれないけど」

確かに、先輩と会えなかったのは、残念だ。だが、偉いさんと一緒となれば、話は別。近場にいて、その偉いさんとやらに出くわしたら、どうする？　いきなり『イルカプールの説明を』なんて言われかねない。実に危険だ。しばらくの間、ここにいるに限る。

「あれ、どうしてかな」

突然、気づいたかのように言ってみた。ついでに、周囲の海を見回してみる。

「なんだか、私、急にやる気が出てきたような……修太さん、やりましょう。クラゲを、たっぷり、じっくり。できるだけ、ゆっくり。偉いさんが帰ってしまうまで」

「もうやることないよ」

修太さんは笑った。

「バケツを荷台に積んで、アクアパークに帰るだけ。荷台を揺らさないように、ゆっくりと帰るからさ、着いた頃には偉いさんも帰ってるでしょ。それに」

修太さんの目が怪しく光った。

「そんなに気負い込まなくてもいいよ。やることなんて、まだまだあるから」

「帰るだけなんですよね。なのに、まだまだある?」

怪訝《けげん》に思いつつ、修太さんの顔を見つめる。

修太さんは「覚えてる?」と言った。

「先週の打ち合わせでのこと。『もう一歩プロジェクト』の打ち合わせでさ、由香ちゃん、言ったでしょ。『もっと、クラゲなんてどうですか』って」

「ああ、それ」

先週のことを思い返した。『もう一歩プロジェクト』とは、『身近な仕事の見直し運動』のこと。自分はとりまとめ役をしていて、話し合いの都度、テーマを出さなくてはならない。だが、その日、自分は何も考えていなかった。仕方なく適当に思いついたことを口にして、ごまかしたのだ——もっと、クラゲなんてどうですか、と。

「言いました、言いました。でも、私だけじゃないですよ。修太さんも賛成してましたよね。そのあと、クラゲについて熱く語ってたし」

「そうなんだよ。語っちゃったんだよ。絶好の機会だと思ってさ」

「絶好の機会？」

修太さんは頭をかいた。

「僕、バックヤードにクラゲ専門のスペースが欲しくてねえ。前々から倉野《くらの》課長に頼んでるんだよ。でも、玄関払い。『予算も人手も無い。諦めろ』の一点張り。けどさ、アクアパーク全体の問題となれば、どうでしょ。話は変わってくる」

修太さんの目が輝いた。

「実際、あの打ち合わせでは、倉野課長も反対しなかったんだよね。それで、僕、思ったんだよ。『今こそ攻め時。一気に行くしかない』って。で、あのあと、課長のところに、ねじ込みに行ったたってわけ」

「ここで一発、画期的な企画展はどうでしょうって。『クラゲでアクアパークのイメージを変えましょう。僕と由香ちゃんの間で、ひそかに案を練ってますから』ってね。すると、思った通りの反応が返ってきた。倉野課長、考え込み始めたんだよ」

修太さんは得意げに胸を張った。

「こうなれば、もう一押し。『企画展のために、ぜひぜひバックヤードの拡充を』って付け加えた。こっちの方が本当の狙いなんだけどさ、こういう流れにしないと、説得できないもんね」

「あのう、今……私の名前が出ていたような」

「魚類展示グループだけの問題じゃ、倉野課長は動かないんだよ。『アクアパーク全体の問題なんだ』って、アピールしないと。でもね、おかげで、うまくいったんだよ。予備の予算枠を使うかってことになってねえ」

「と言うことは……修太さん、既に企画展の内容、考えてあるんですよね」

「実は、何も考えてない。でも、差し迫った理由がないと、倉野課長は腰を上げないから。いいんじゃないの。『ひそかに』って言ってるんだし」

まずい。逃げねば。

だが、ここは防波堤なのだ。どこに逃げればいい？　取りあえず、顔をそらした。

その仕草で伝わったらしい、修太さんは「心配ないって」と言った。

「クラゲってさ、魚類展示スタッフの間では大人気なんだよ。この冬なんて、仕事の奪い合いになったくらい。予算がついて、バックヤードの拡充も決定。魚類展示グループの総力を挙げて、いざ企画展へ。めでたし、めでたし」

「なんだ」

安堵《あんど》の息が出た。地面にへたり込む。

「びっくりしましたよ。私、クラゲをやることになるのかなって。『めでたし、めでたし』なんですね」

「そう。そのはずだったんだけど」

修太さんも腰を下ろした。目を細めて、海を見つめる。

「思わぬ問題が出てきた。肝心の企画展をやる人がいない」

「は？」

やっぱり、来た。

「さっき、『スタッフの間では大人気』って言いましたよね」

「よくよく考えればさ、もう六月上旬。企画展をやるなら、夏休み期間中になっちゃう。誰だって逃げ出すよね。一番の繁忙期に、予定外の仕事なんて。いやあ、参ったよねえ。思わぬ問題ってやつだよね、これ」

瞬きを繰り返しつつ、修太さんの顔を見つめた。『思わぬ問題』ではないだろう。

『分かっていた問題』ではないか。

「あのう、無茶苦茶、まずい状況になってる気がするんですが」

「でもないよ。だって、夏の間をしのげば、何とでもなるんだもの。で、岩田チーフに相談したんだよ。『夏の間の手伝いとして、誰か知り合いを紹介してもらえませんか』って。そうしたら、チーフが言うんだよ。『身近に、一人いるじゃねえか』って」

そう来たか。

由香は慌てて立ち上がった。

「私、やっぱりアクアパークに戻ります。すぐにチーフと話し合わないと」

「意味ないと思うけどねえ。だって、言い出したの、チーフの方からだから。手を叩《たた》いて言ったんだよねえ。『そういや、あいつ、打ち合わせの時に、こだわってたな。もっとクラゲとかナントカ』ってねえ」

「いや、その発言は場の流れ……」

「チーフ、嬉しそうだったよぉ。『いやあ、驚いた。入館三年ちょっとで、クラゲに興味たァ、大したモンだ』ってね」

チーフの言葉はありがたい。が、今は逃げ出したい。

「修太さん、お手伝いしたい気持ちは山々なんですが……どうかな、その……夏休みですよ、夏休み。誰もが忙しくて、逃げ出したくなる時期。イルカプールでの仕事も、それなりに一杯ありまして、誠に残念ながら……」

「そっちの方なら、大丈夫。由香ちゃんの抜けた穴は、チーフと吉崎《よしざき》姉さんが埋めるんだってさ。今頃、きっと、シフト勤務表を書き直してるから。チーフいわく『お姉ちゃんのやる気を邪魔しちゃいけねえ』だって。良かったねえ」

逃げられそうにない。

目をつむった。どうして、こんなことに？　打ち合わせで、適当なことを言ったせいか。そんなこと、誰にだってあるだろう。だが、そんな言い訳が通るわけがない。適当に放った矢は、回り回って、自分の方へと飛んできた。

「まあ、そんな顔しないで」

目を開けると、修太さんはニコニコ顔。ゆっくりと立ち上がり、バケツの列へと目をやる。「帰ろうか」と言った。

「帰りは、僕がリアカーを引くから。由香ちゃんは荷台に座っててていいよ」

「いえ……歩きます」

「じゃあ、アクアパークに着いたら、バックヤードで待ってて。クラゲ水槽の裏手辺りかな。僕、予備水槽にクラゲ達を移したら、そこに行くから。クラゲについて、少し説明しとかないとね」

黙ってうなずいた。いや、うなだれた。足元にはバケツ。そして、その中にはウリクラゲ。ネオンサインがきらめいている。

由香はため息をつき、足元へと手をやった。

2

修太さんとは正面玄関で別れた。クラゲ用の予備水槽は、館内手狭につき、屋外倉庫に設置してあるとの由。自分は、一人、修太さんが来るのを待っている。

由香は周囲を見回した。

ここはメイン展示館の二階、クラゲ展示水槽の裏手にあたる。壁には水槽棚。膝元には給排水パイプ。パイプの間には幾つもの空き水槽。水槽の周囲にはホースやら、飼料の袋やら。そして、床には、なぜか、お風呂の腰掛けイスが置いてある。床での作業時に使うらしい。

「ほんと、雑然って感じ」

修太さんの話によれば、このフロアの一画をクラゲ専用スペースにするとの由。間仕切りで小部屋を作り、水槽棚でクラゲ用水槽を積み上げるらしい。小部屋の名は既に決まっている——『クラゲルーム』。単純にして明快な名前と言っていい。

このクラゲルームが実現すれば、屋外倉庫に予備水槽を置くなんてことは、必要なくなる。作業は段違いに効率的になるだろう。だが、バックヤードに費用と手間をかける以上、それなりの成果は求められる。つまり、それが。

「クラゲの企画展ってことか」

ため息をつく。

その時、廊下の方から、何やら物音が聞こえてきた。車輪がきしむような物音に思える。ドアを見つめた。物音は少しずつ近づいてきて、ドア前にて止まる。

ドアが開いた。

信じられない。

「修太さん、なんで」

修太さんは、なんと、リアカーを引きつつ部屋に入ってきた。そして、ドアの脇へとリアカーを停める。額の汗を拭った。

「大変なことになっちゃったよ。ウェストアクアの偉いさん、まだ館長室にいるんだってさ。なんでも、クラゲの企画展の話で盛り上がってるらしくて。後輩の話によると、内線で倉野課長から連絡があったらしくてね。『修太が戻ってきたら、館長室に顔を出せ、と言ってくれ』だって」

「じゃあ、早く館長室に行かないと」

「そういうわけにはいかないでしょ。話題はクラゲの企画展。なのに、僕、何も考えてないんだもの。行けば、余計、厄介なことになっちゃうよねえ」

修太さんはリアカーの引き手から出た。そして、そっとドアを閉める。大きく息をつき、「リアカー置場ってさ」と言った。

「館長室のすぐ下辺りにあるでしょ。見つかるかもしれないから、裏口から入って、館内スロープを引っ張ってきた。もちろん、クラゲを予備水槽に移してからだけどね。それにしても、まいったよなあ。外部の人まで絡んでくるなんて」

修太さんは頭をかきながら、自分の方へと来た。疲れ切った表情で風呂イスを手に取る。腰を下ろすと、膝に肘をついた。

「由香ちゃん、ちょっといい？」

慌てて、自分も足元の風呂イスを手に取った。腰を下ろして、自分も膝に肘をつく。

ひそひそ話が始まった。

「実はねえ、僕、結構クラゲが好きなんだよ」

「実は、と言われても……そのままですよね」

「見てるとさ、なんだか癒やされるんだよね」

「世間の人も、そんなこと、言ってますよね」

「でもさ、やっぱり、見せたくはないんだよ」

「この癒やし、独り占めにしたいってこと？」

「そういう意味じゃなくてさ。面倒なんだよ」

「へ？　クラゲが好きって、言いましたよね」

修太さんは身を起こし、「好きだよぉ」と目を細めた。「クラゲってさ」とつぶやき、再び膝に肘をつく。ひそひそ話を再開した。

「だいたい、透明なゼリー状の体なんだよね」

「だいたい、見た目で、そんな感じですよね」

「実はね、九五パーセント以上が水なんだよ」

「初めて聞きました。そんなに細かな数値は」

「文献によっては、九八パーセントなんだよ」

「やたらと、細かい数字にこだわりますねえ」

「だから、やる気にならない。仕方ないよね」

「はあ？」

思わず大きな声が出る。由香は身を起こした。

「なんで、なんで、なんで？　やる気と関係ないですよね、それ」

「あるよ。関係、大アリ。クラゲそのものは魅力的。でも、それを見せるとなると、面倒に次ぐ面倒。とっても、厄介なんだよね」

修太さんは立ち上がって、展示水槽の方へ。展示用照明を消した。室内照明だけにして、水槽背景の青いアクリル板を取る。現れるのは、当然、クラゲの展示水槽であるはずなのだが。

「あれ？」

クラゲがいない。

立ち上がって、目を凝らしてみた。それらしき姿はあるような気がする。だが、クラゲと判別するには至らない。ビニール袋のゴミが漂っている程度にしか見えないのだ。

「水が九五パーセント。ほぼ透明な生き物が水の中にいる――となると、目で見ても、今ひとつ分からない。それが普通なんだよ。だから、照明を当てて、体を浮かび上がらせる。それしかない」

修太さんは外した背景板に手をやった。

「で、背景に青色系の板を置く。濃淡はつけるよ。スカイブルーからミッドナイトブルーまで。別に、他の色でもいいんだよ。でも、いざ置くとなると、青色系になっちゃう。来場者は海をイメージしてるからね」

目の前の背景板は明るい青色だ。スカイブルーに近い。

修太さんは言葉を続けた。

「つまり、照明と背景板で、見てもらう部分は、ほぼ決まっちゃう。バリエーションを付けていくには、照明を変化させるしかない。水槽の作り手としては、ちょっと気が乗ってこないよね」

「じゃあ、他の水槽みたいにすれば？　何かを入れて、変化をつければいいんです。岩とか、流木とか、水草とか」

「そんなクラゲ水槽、今までに見たことある？」

「そういえば……無い、です」

「それには、ちゃんと理由があるんだよ。何かにぶつかると、クラゲの体が崩れちゃう。引っ掛かってもだめ。漂えなくなって、弱っちゃう。魚との混泳も無理。魚がクラゲにやられちゃう。クラゲ水槽にはクラゲだけ。それも一つの水槽に一種類。それが原則」

　修太さんは「ここなんだよな」とつぶやく。また頭をかいた。

「やっぱり、水槽作りってさ、そのレイアウトが醍醐味《だいごみ》って思うんだよね。どんな組み合わせで、水槽をどう見せるか。あれこれ考えるのが楽しいの。それがクラゲ水槽には無い。だから、張り合いも無い。あくまで、僕個人の感想なんだけどねえ」

「でも」

　由香は首をかしげた。

「それで済むなら、楽でいいじゃないですか」

「楽じゃないんだよ。見せられない舞台裏みたいな部分があってさ、やたらと手間がかかるから。水槽を用意する段階から大変。普通の水槽をそのまま使うってわけにはいかない。クラゲ用の特別な水槽を用意しなくちゃね」

瞬きをして、修太さんを見つめた。水槽は水槽。ありていに言えば、水槽とは水を入れる容器のことではないか。その容器に、特別とか、普通とかがあるのか。

「あの、仰《おっしゃ》ってることの意味が、ちょっと」

「普通の水槽にクラゲを入れる。それだけだと、どうなっちゃうか。沈んじゃうんだよ。クラゲが沈んで、底に積み重なって、弱って死んじゃう」

「あの、どうして?」

「海の水って、常に動いているよね。クラゲって、それに乗っかって、漂ってるわけ。水槽はそうじゃないから、沈んじゃう。プランクトンだからね」

「プランクトン? あの、クラゲの話ですよね」

「泳ぐ力が弱い浮遊生物のことを、プランクトンって呼ぶんだよ。大きさは関係ないの。だから、クラゲは巨大なプランクトン」

知らなかった。

「問題は、この『泳ぐ力が弱い』ってところなんだよね。水槽の中で育てるとすると、水槽の水を動かすしかない。漂える程度の微妙なさじ加減で。でも、いい感じで水を回し続けるのって、結構、面倒なんだよ。水の濾過《ろか》だってしなくちゃならないし。クラゲにとって安全、かつ、効率的となると、もう方法は一つしかなくて」

修太さんは腕を上の方へとやった。その腕を大きく動かし、宙で大きな円を描く。

「水槽の中で、水を『回す』んだよ。ゆっくり、クルクル。洗濯機のイメージかな。この方法なら、流れは途切れない。勢いも調整しやすいから」

修太さんは腕を戻し、息をつく。

「でも、この方法、四角い水槽だと、少しやりにくいんだよ。できないことはないんだけど。水槽の角に、クラゲが引っ掛かっちゃうこともあるしね。丸型というか、太鼓型というか、そんな形の水槽がベスト。『クライゼル水槽』と言うんだけどね」

「でも、それ」

由香は展示水槽を指さした。

「どう見ても、横長の四角形ですよ。直方体ってやつ。丸型には見えませんが」

「大きなクライゼル水槽って、結構、値が張るんだよね。だから、手作りで対応してんの。まあ、苦心惨憺《さんたん》のあと、見てみてよ」

言葉に従い、展示水槽へと寄る。

修太さんは水槽の角を順に指していった。

「水槽の角を透明な板で覆って、まずは八角形の形にしてんの。更にその角を覆って、丸い水槽へと近づける。苦肉の策だよね、水をうまく回すための」

腰をかがめて、水槽の角をよく観察してみた。分かりにくいが、確かに透明な板が貼り付けてある。

「ちゃんとしたクライゼル水槽を使うにせよ、手作りで対応するにせよ、クラゲを育てる最重要ポイントは決まってる。『どうやって、うまく水槽内の水を回すか』なんだよ。でも、そんなの、見せられないよね」

修太さんは肩をすくめた。

「だから、普通は観覧通路側の壁で隠すんだよ。舞台裏の部分を隠しつつ、なるべく広い面積を見せようとすると、どうしても丸型の窓になっちゃうよね。まあ、こんなところは、割り切っちゃっても、いいんだけど」

修太さんは肩を戻して、息をつく。「結局」と言った。

「岩、無し。水草、無し。魚との混泳も無し。丸い視界の中、クラゲだけで回ってる。分からないくらいの微妙な速度で。これがクラゲ展示。勝負の分かれ目は照明の使い方。どこの水族館でも似たようなもんなんだよな」

これまでに見てきたクラゲ水槽を思い返してみた。細かな部分は覚えていない。ただ、ぼんやりとながら……修太さんの言う通りの光景だったような気がする。

「クラゲってさ、かなり原始的な生き物なんだよね。でも、そうであるがゆえに、文明の利器が必要。皮肉な話なんだよ。水族館のクラゲ担当が自嘲気味によく言うんだよね。『俺達はインテリアデザイナーなんだ』って」

気持ちは分からなくはない。だが。

由香は頭をかきつつ、言葉を返した。

「悪いことばかりじゃないですよね。そんなクラゲで、来館者の人達、たっぷり癒やされてるわけですから」

「そうかもしれない。けど、物足りないんだよな。そもそもクラゲって、癒やしの姿だけじゃないから。『クラゲっぽい』あの姿、一瞬みたいなもんだからね」

「一瞬？」

これまた、意味不明の言葉だ。クラゲはクラゲ。何度もクラゲ水槽を見ているが、大きな変化など目にしたことがない。逆に、それが不変を感じさせ、魅力となっているのではないか。

そんな思いが顔に出ていたらしい、修太さんは「ちょっと待ってて」と言い、壁際の水槽棚へ。ガラスの小ビンを手に取り、戻ってきた。高価な物には見えない。キッチンによくある保存容器に見える。

「特別な物じゃないよ。百円ショップで買った容器だから。まあ、見てよ」

差し出された小ビンを、のぞき込んでみた。

底に何か小さなものが貼り付いている。体長およそ一ミリ。どうやら、イソギンチャクのようだ。その子どもなのか、もともとミニサイズの種《しゅ》なのかは分からない。が、イソギンチャクであることは間違いない。

「あの」

由香は顔を上げた。

「クラゲの話は終わり？」

「終わってないよ。だって、これ、クラゲだから」

「ミニイソギンチャクがクラゲ？」

「アシゆらゆらタイプのクラゲって、刺胞動物だって言ったよね。つまり、イソギンチャクとは同じ仲間。似たような格好でも、不思議はないよね」

修太さんは展示水槽へと目を向けた。

「展示水槽にいるのも、この小ビンにいるのも、どちらもミズクラゲ。一番有名なクラゲって、言っていいかな。このミズクラゲ、大人になるまでに、無茶苦茶、変身するんだよ。プラヌラ、ポリプ、ストロビラ、エフィラ、メテフィラ、メデューサ」

いきなり、早口言葉か。意味不明すぎて、質問もできない。

「今、言ったカタカナ言葉は、それぞれの段階の名前なんだよ。覚えづらいんだけど」

「あの、段階って？」

「ミズクラゲの赤ちゃんってね、ミニイソギンチャクみたいな格好をしてんの。で、少し大きくなると、胴の部分がくびれてくるんだよ。くびれが深くなると、次第に、花びらが積み重なったみたいになってくる。その花びらの一枚一枚が剝がれて、海へと泳ぎ出すんだよね。で、大人のクラゲになっていくってわけ」

クラゲのイメージが壊れていく。

「今、この容器の中にいるクラゲは、まさしく、ミニイソギンチャクの姿だよね。クラゲの赤ちゃんの段階で、ポリプっていう名前なんだよ。で、このポリプ、もう独特でね。最強と言っていいかも」

「最強？」

「ちょっとやそっとでは、へこたれない。こんな百円ショップのキッチン容器でも平気。どんな状態になっても再生しちゃうし、分身でどんどん増えちゃう。もう永遠って言えるくらいの存在なんだね」

修太さんは小ビンを握りしめつつ力説している。が、「それに比べ」と言うと、一気に脱力。肩を落として、ため息をついた。

「大人のクラゲって、弱いんだよな。弱いと言うより、『もろい』と言った方がいいかも。再生力はほどほどあるんだけどさ、環境変化に弱くなるんだよ。しかも、はかない。半年から一年。長くても一年半くらいでダメになっちゃう」

「そんなに短いんですか」

「もっと短いクラゲだっているよ。どう？　考えさせられるでしょ。子どもの頃は強くて、永遠の存在。大人になると、もろくて、すぐにダメになる。クラゲの世話をしてるとさ、なんだか、いろいろと考えちゃうん……」

修太さんが途中で言葉をのんだ。

胸元で携帯が鳴っている。

「梶からだ。なんだろ」

「館長室に来てくれっていう催促なんじゃ」

「たぶん、そんなことないと思うんだけどねえ」

首をかしげながら、修太さんは電話へと出た。どうやら、催促ではなかったらしい。のんきそうに「へえ」とか「ありゃまあ」なんて言っている。そして、ひとしきり話し込んだあと、電話を切った。自分の方へと向く。

「ニュースが二つ。どっちからの方がいいかな」

洋物ドラマのセリフみたいではないか。

「格好いいですねえ。『良いニュースと悪いニュース。どっちから聞きたいか、おめえが選びな』ってやつですね」

「いや、悪いニュースと、もっと悪いニュース。どっちから聞きたい？」

「どっちも聞きたくない……です」

「では、悪いニュースから」

修太さんは勝手にしゃべり始めた。

「偉いさん、今、帰ったんだってさ。その連絡。その偉いさんってイタチ室長ってい
う人らしくてね。結構、権限を持ってるみたいなんだよ。『クラゲルームの設営、格
安で引き受けましょう』とか言ったらしいんだよねえ」

「それって、いいニュースですよね」

「続きがあるの。その室長さん曰《いわ》く――『アクアパークらしいクラゲ展を、ぜひとも、
成功させてもらいたい』。これって予想外なんだよ、外部の人が絡んでくるなんて。

まいったよなあ、まだ何も考えてないのに。引くに引けなくなってきちゃってる」

修太さんは困惑の表情で頭をかいている。

その姿を見つめつつ考えた。確かに、まずい状況だ。だが、先輩なら、何かいい知
恵があるのではないか。戻ってきているということは、今夜は会えるということだ。

相談してみよう。そのあとは、むろん、二人でまったり。久し振りに甘い時間を……。

「で、もう一つ。もっと悪い方のニュースね」

慌てて、我に返った。

「実は、浜辺での収集のあと、打ち上げとして一杯やるのは恒例でさ。今晩、梶に『三人で一杯やろう』って誘ってたんだよ。でも、帰っちゃうみたいなんだよねえ」

「帰っちゃう?」

「海遊ミュージアムでの仕事が、まだ、残ってるんだってさ。その仕事をやりつつ、『クラゲ展示の事例を調べてみる』って言ってた。まあ、ありがたいって言えば、ありがたいんだけど。素直に良いニュースって言うべきなのかな」

いや、悪いニュースと言いたい。

体から力が抜けていく。由香は風呂イスに腰を下ろし、ため息をついた。

3

住宅街の路地を街路灯が照らしている。足は重いが、鼻息は荒い。

「大声で電話してやる」

由香は大股で早歩きしていた。

甘い夜は幻がごとく消えた。これは、まあ、仕方ない。しかし、なにやら、腹が立つではないか。『なかなか会えない』と思っていたら、連絡もなく、戻ってきている。

『顔ぐらい見せに寄るだろうな』と思っていたら、連絡もなく、帰っている。

こんなことってあるか。

むろん、まだ、大っぴらにできないことは分かっている。誰にも自分達のことを話していないのだから。だが、電話ぐらいはしていいだろう。なぜ、しない？　こうなれば、こちらから電話だ。自宅アパートでなら、多少、大声を出しても大丈夫。文句の一つも言わねば、気がすまない。

立ち止まって、街路灯を見上げた。明かりに向かって、右手でパンチ。

「覚悟しろよ、梶良平」

姿勢を戻し、再び、大股にて早歩きしていく。

胸元で携帯電話が鳴った。

足を止めて、画面を確認する。先輩からだった。住宅街の路地で大声を出すわけにはいかない。だが、冷静沈着に問い詰めることならできる。わびの一つでも聞かない限り、こちらから切ることはない。

ただの電話で済むと思うなよ、リョウヘイ。

「はい、もしもし。嶋ですっ」

「ああ、俺だ。悪かったな。顔を出さなくて」

先に謝られてしまった。気勢をそがれるとは、このこと。考えていた言葉が、何一つ出てこない。

「いいんですよ。先輩、忙しいんですから」

目をつむった。いい人を演じてしまう自分が悲しい。その一方で、声を耳にするだけで、胸をはずませている自分もいる。

「でも、どうしたんですか。とんぼ返りなんかして。ゆっくりしていけば良かったのに」

「仕方なかったんだよ。こちらの姿勢を見せないとな」

「姿勢？」

思いもしない言葉に目を開けた。

先輩の言葉が続く。

「ウェストアクアからの提案は、思いもしないほど、好条件でな。驚いたよ。間仕切り工事に、給排水管の付け替え工事——本来は、もっと、かかるはずなんだ。でも、修太の計画より、三割以上、安い。おまけに、クライゼル水槽まで格安レンタル。けど、向こうも善意だけで言ってるわけじゃない」

「というと？」

「アクアパークが官民共同の運営になったのは、この春から。ウェストアクアが運営に参画し始めて、まだ三ヵ月もたってない。向こうも、まだ分からないでいる。どの程度、運営に関与するべきか。いや、そもそも関与するべきなのか。ウェストアクアの社内には、否定的な意見が今も根強く残ってる」

　この手の話になると、自分は全くの無知と言っていい。一方、先輩は、一年程の間、交渉の最前線にいた。先輩ならではの観点かもしれない。

「で、今日、いきなりの現地視察。かと思えば、そのあとの歓談で、思いもしない好条件を出してくる。おそらくウェストアクアは、アクアパークがどう対応するか見てるんだろ。で、試してる」

「試してる？」

「いろいろ試してみて、こちらの反応を観察してる。提示条件にどう反応するか。きちんと企画を仕上げてくるか。その内容が、これまでの主張に沿ったものかどうか
――そんなところかな」

　唾《つば》をのみ込んだ。

　千葉湾岸市の観光局で、似た状況を何度か目にしたことがある。この状況、一見、なごやかな光景に見えるのだ。だが、先方の目は笑っていない。談笑の合間に、所々で本音を漏らし、反応を探ってくる。こちらはそれに気づかない振りをして、わざと談笑を継続。まさしく腹の探り合いと言っていい。

「でも……内海《うつみ》館長、その条件を受け入れたんですよね」

「ああ、大歓迎でな。館長はウェストアクアの本音を分かったうえで、喜んで受け入れた。そういう人だからな。まあ、本音はどうであれ、上と上とで即決したのは事実。こうなれば、現場にいる俺も、のんびりとはしてられない。作業の遅れを取り戻さないと」

「あの、何の作業？」

「アクアパークと海遊ミュージアム――二館共通の運営基準作りだよ。ウェストアクアからの要請で始まったんだ。叩き台の案を作って、海遊ミュージアムのスタッフに意見をきいて回る予定になってる。ただ、それが、ちょっと遅れてきててな」

二館のはざまで、先輩は苦労をしているようだ。

苦労話が続く。

「予定では、クラゲの担当とも会うことになってるんだ。その時に、企画展についても、いろいろ尋ねてみようと思ってる。何か参考になることが聞けるかもしれないから。なにしろ、修太のやつ、何も考えてないからな」

「あ、知ってた？」

「知ってたもなにも……今日は、一日、大変だったんだぞ。二人を会わせてしまうと、話がややこしくなるから。まあ、修太は何とかすると思うけどな。ただ、夏休み期間中に実施するとなれば、相当、忙しくなるぞ。覚悟しとけよ」

「でも、クラゲルームが出来上がらないことには」

「それは心配ない。今日のイタチ室長の話振りじゃ、たぶん、十日もあれば出来上がる。しばらくの間、おまえは修太を手伝うことになるんじゃないか。岩田チーフの考え方次第だけどな」

「そのことは、修太さんからも聞きました。だから、もう、すっかり覚悟が……いや、どうだろ。覚悟はまだ半分くらいかな」

　先輩は笑った。

「クラゲルームが出来上がったら、いろんな所を写真に撮って、俺に送ってくれ。海遊ミュージアムの担当に見せて、意見をきいてみる」

「了解」

「それと、もう一つ。俺の部屋の……」

　先輩は途中で言葉をのみ込む。電話の向こうが騒がしい。列車の発車メロディーだろうか。先輩は駅にいるらしい。

「すまん。新幹線のホームからかけてるんだ。行かなくちゃならない。また、かけるから。じゃあな。がんばれよ」

　いつもながら、先輩は慌ただしい。言葉をはさむ余地も無い。「がんばれよ」のひとことで、電話は切れてしまった。

頬が緩んで、息が漏れ出る。

「先輩も、がんばれ」

取りあえず、気分はすっきり。由香は携帯をしまい、再び歩き始めた。

4

間仕切り扉の前に立つ。クラゲルームは、本日より稼働開始。むろん、自分の手にはカメラ。携帯ではなく、一眼のデジタルカメラを持っている。では、入室。

由香は間仕切り扉をノックした。

「いいよ、入ってきて」

修太さんの声が返ってきた。

扉を開けて室内へ。入ってみて、驚いた。思わず声が漏れ出る。

「クラゲばっかし」

「当然でしょ」

工事期間中に一度、ここに来たことがある。その時は「結構、広いな」と思った。だが、設備を設置し終えた今、狭く感じられてならない。右側もクラゲ、左側もクラゲ、奥側もクラゲ。扉側以外の壁に、隙間なく水槽棚が並べられているのだ。それも三段の棚。水槽が積み上げられている。

「一番上の水槽、手が届かないですよね。どうやって、作業するんですか」

「脚立を使って、作業するしかないよねえ。仕方ないんだよ。ここと屋外倉庫とを往復するより、ずっとマシだから」

それもそうだ。納得。

カメラを構えた。

「では、早速、写真を一枚」

まずは、入口からの全景を撮らねばならない。だが……どうもイメージしていた光景と違っている。カメラを下ろした。

「あの、クラゲ水槽なのに、丸くないですよ」

「四角いアクリルの箱にさ、筒みたいなものを入れて、壁を丸くしてあるんだよ。今はこのタイプが主流かな。安いし、設置しやすい。水の濾過もしやすいからね」

再び、納得。改めてカメラを構え直した。

まずは全景を撮る。次いで、左側の棚を撮った。更に、右側の棚と奥の棚を撮る。いろんなクラゲが揺れていた。見たことがないクラゲも。そして、『いかにもクラゲ』というクラゲも。

「あ。これ、これ」

右側の水槽棚へと寄った。棚の前でかがみ込む。

「展示水槽にもいましたよね。丸いボーロみたいな傘。長い紐みたいなアシ。それに、短めのリボンみたいなアシ。確か、名前は、ええと」

「ミズクラゲね。紐は『触手』、リボンは『口腕《こうわん》』って言うんだよ。用語としては『手』や『腕』ってことになるかな。でもね、日常会話では『アシ』でいいよ」

修太さんが傍らにかがみ込む。目を細めた。

「姿かたちもいいんだけどさ。やっぱり、この動きだよねえ。漂いつつ、波打つように動く。『拍動』っていうやつだよね。心臓のリズムにそっくり。でも、クラゲに心臓は無いんだよ。生命の神秘を感じちゃうよねえ」

自分も目を細めた。

「いいですよねえ。癒やされます。のんびりと漂ってて」

「のんびりかどうかは分からないよ。この動きは反射的な動き。脳は無いからね」

「でも、敵が近づくと、警戒して刺してきますよね。ちゃんと考えてるんじゃ」

「刺すというか……勝手に刺さっちゃうんだよね」

「刺さっちゃう？」

「細胞レベルで反応しちゃう。刺胞細胞ってやつだよね。刺激で勝手に毒針が出ちゃうんだよ。もう自動発射って感じかな」

「自動発射？」

「海で腕を刺されて、浜に上がったとするでしょ。当然、陸にクラゲはいない。ところが、真水で洗ったりすると、急に痛みが走ったりするんだよ。水そのものが刺激になって、腕に残ってた刺胞細胞から針が飛び出しちゃう。クラゲが意識して刺しているなら、こんな話にはならないよね」

「じゃあ、このミズクラゲも？」

「いや、ミズクラゲはあまり心配しなくていいかな。刺胞細胞はあるんだけど、針が短いんだよ。人間の皮膚奥まで刺さらないから」

何にせよ、この姿、撮らないわけにはいかない。かがんだまま、カメラを構えた。

そして、漂うミズクラゲをパチリ。

「まあ、写真を撮りながら、聞いてよ。これから、由香ちゃんに手伝ってもらう仕事を説明するから」

そうだった。

慌てて、由香はカメラを下ろした。

「私、いったい、何をすれば」

「給餌《きゅうじ》が中心かな」

給餌とは生き物に食べ物を与えること。イルカプールでの給餌ならば、よく分かっている。だが、ここにいるのはクラゲなのだ。クラゲへの給餌なんて、見当もつかない。少しばかり、頬が強張《こわば》った。そんな表情で不安な思いが伝わったらしい。

修太さんは「難しくないよ」と笑った。

「ちょっと、やってみようか」

そう言うと、立ち上がって、クラゲルームの奥へ。道具箱から何やら取り出した。大きなスポイトのような用具に見える。更に、手を水槽棚の隅へ。プラスチックの小箱を手に取った。その二つを手にして戻ってくる。

「クラゲの給餌って、クラゲごとに違うんだよ。食べる物が違ってるから。詳しくはノートに書いてある。心配しないで。取りあえず、一番よくある給餌パターンをやってみる。まずは、これ」

修太さんは小箱を掲げた。

箱の中には水。水の中には肌色の粒々。なにやら動いている。

「これはブラインシュリンプ。動物プランクトンの一種と言っていいかな。魚に使うものと同じだよ。まずは、このブラインシュリンプを、大きなスポイト、つまりピペットで吸って」

修太さんは箱を下ろして、ピペットを小箱の中へ。肌色の粒々がピペットの中へと吸い込まれていく。

「このブラインシュリンプを、クラゲのアシ辺りに吹きつける。よく見てて」

ピペットをクラゲ水槽の中へ。

肌色の粒々が散っていく。ミズクラゲが揺れた。紐状のアシ――触手が揺らめく。リボン状のアシ――口腕も揺らめいた。次第に傘の縁が肌色に染まっていく。

「アシでブラインシュリンプを絡め取って、それを本体の傘へ。更に、体の中へと取り込む。これがクラゲの食事。他の水槽でもやってみようか。付いてきて」

修太さんは隣の水槽へと移動。ブラインシュリンプをピペットで吸い上げ、ミズクラゲのアシ元へ吹きつけた。クラゲの触手が揺らめく。口腕も揺らめいた。そして、次の水槽へと移動。これを繰り返すこと、計五槽。再び最初の水槽へと戻る。

またまた、驚いた。思わず声が漏れ出る。

「何ですか、これ。きれい」

ミズクラゲの傘の真ん中には、クローバーのような四つ葉模様がある。その模様が肌色に色づいているのだ。体が透明なだけに、肌色のリングが漂っているようにも見える。まさしく、幻想的な光景と言っていい。

「これが、ミズクラゲが『食べている』って証拠なんだよ。四つ葉模様の部分は消化器官。胃腔《いこう》って言うんだけどね」

「胃はあるんですか」

「人間の胃を想像しちゃだめだよ。胃のようなものはある、ってところかな」

目の前で、ミズクラゲが揺れていた。ふわり、ゆらり。理屈はともかく、見た目は『のんびり』そのもの。陽気な雰囲気を漂わせ、のんきそうにも見える。『クラゲが癒やし』とはこのことか。となれば、この光景、写真に撮らないわけにはいかない。

カメラを構えた。もう一枚、写真を撮る。

「いいねえ」

修太さんが嬉しそうに言った。

「だんだん、クラゲにはまってきたみたいで。いい傾向、いい傾向。じゃあ、同じタイプで、別の種のクラゲへといきますか」

そう言うと、修太さんは足を更に隣の水槽へ。自分も隣へと移動した。その水槽の前で腰をかがめ、じっくりと観察してみる。

水槽内には二体のクラゲが漂っていた。

アシゆらゆらタイプか。ただし、ミズクラゲより、ずっと透明度が高い。それに、やたらとアシが長い。紐状のアシが水底に着きかけているのだ。リボン状のアシは、まるで平安時代の衣装、十二単《ひとえ》のよう。明らかに、ミズクラゲの雰囲気とは違っている。華麗にして、おごそか。幽玄の美とはこのことか。

「これはアマクサクラゲ。クラゲを食べるクラゲなんだけど」

「クラゲを食べるクラゲ？」

「そう。さっきのミズクラゲとかを食べちゃう。でも、ここにいるミズクラゲは展示水槽に移動させる予定だから、そうもいかない。今回は代替食として、釜揚げシラス。シラスはスーパーに並んでる物と変わんないよ。やり方は先程と一緒」

修太さんはブラインシュリンプの小箱を水槽横へと置いた。代わりに、刻んだシラスの小箱を手に取る。そして、ピペットで吸い上げて、シラスを水槽内へ。二体のアマクサクラゲの間へと吹きつけた。

二体の間に、シラスが散っていく。

右側のアマクサクラゲが優雅に揺れた。左側のアマクサクラゲは華麗に揺れた。長い紐状のアシがおごそかに揺らめいている。これぞ、幽玄の美というもので……。

「あ、絡まった」

いやん。

二体のアマクサクラゲのアシとアシとが絡み合い、複雑にもつれて、揺らめいている。『やたらと長いから、大丈夫か』と思っていたら、本当にもつれてしまった。もつれたまま、二体そろって揺れている。

いやん、いやん。

「アマクサクラゲは、よく、こうなっちゃうんだよねえ。もつれちゃう」

修太さんはため息をついた。

「同じように長いアシのクラゲは、他にもいるんだよ。でも、アマクサクラゲほどには、もつれない。どこが違うのか、さっぱり分からないんだよ。不思議だよねえ」

「あの、もつれたの、どうするんですか」

「もつれ合ったままの状態が続くようなら、細い棒でほどいたりするんだけどさ、うまくやんないと、触手がちぎれちゃう。また再生するけどね。まあ、ほどく必要があれば、僕がやるから」

それはありがたい。

取りあえず、この姿も撮っておかねば。アマクサクラゲに向かって、カメラを構えた。いやん、いやん。もつれ合ったままのアマクサクラゲをパチリ。

「あの、修太さん」

カメラを下ろした。

「ミズクラゲもアマクサクラゲも、アシゆらゆらタイプですよね。防波堤で見たポッチャリきらきらタイプは？」

「いるよ。こっちに来て」

二人揃って、左側の水槽棚へ。

奥の壁の手前に、棚二段抜きの大きな水槽が設置してあった。そこにいるのは大ぶりのカブトクラゲ。それに加えて、小ぶりのウリクラゲ。むろん、どちらもネオンサインをきらめかせている。そして、ＳＦ映画の宇宙船がごとく漂っていた。

なんとも不思議な光景ではないか。

「バケツの中じゃ分かりにくかったと思うんだけどさ、ネオンサインの部分を動かして、漂ってんだよ。その部分が光を乱反射させて、きらめく。で、きれいに見えるってわけ。でも、泳ぐ力はあまり無いんだよ。で、宇宙船みたいな動きになっちゃう」

「でも、アシが無いってことは……食べること、できないんじゃ」

「できるよ。まあ、しばらく見てて。すぐに分かるから」

言葉に従い、水槽を見つめた。

ミズクラゲの雰囲気とは違っている。アマクサクラゲの雰囲気とも違っている。大きな拍動もなく、ただ漂っているのだ。もう「のんびり」どころではない。「のほほぉん」とか「ほわわぁん」とでも表現したくなる雰囲気だと言っていい。どうにも頼りなさげに見えてならない。じれったくなってくる。

思わず、言葉が漏れ出た。

「大丈夫か、君達は」

特に心配なのは、ウリクラゲの方だろう。ウリに似たシンプルな体つきだけに、余計に心配になってしまう。実際、見ている間にも、何度か仲間とぶつかったが、そのたびにビクンとしていた。まるで、ビクビク怯《おび》えるかのように。

――ナ、ナニすんの。

「生きていけんの、そんな調子で」

自分の心配をよそに、今もウリクラゲは漂っている。大きなカブトクラゲにぶつかった。だが、今度はビクンとしない。体の先端をうごめかした。そして、円状へと変化させる。見る見る間に、その直径は二倍、三倍へ。これは口か。

まさか。

その「まさか」だった。ウリクラゲはカブトクラゲを一気にパクリ。相手は自分の倍以上はあるのに。そして、体を丸々と膨れ上がらせた。

もうウリなんてもんじゃない。

「これじゃ、スイカ」

だが、挑んだ相手が悪かった。相手は巨体なのだ。飲み込みきれない。口を閉じることができず、ウリクラゲは苦心惨憺《さんたん》。あたふたしているようにも見える。

――デ、デカい。

そんなウリクラゲの背後から、別のウリクラゲがやってきた。のほほぉん。二個体の間隔は、確実に狭まっていく。のほほぉん――デ、デカい――のほほぉん。

この行動は、もしかして。

「食べ物の奪い合い？」

しかし、そんなに甘いものではなかった。

背後から忍び寄ったウリクラゲは、とてつもなく大きな口を開く。先ほどの直径の倍近くはあるだろう。そして、苦心惨憺中のウリクラゲを、丸ごと、かつ、一気に、飲み込んでしまった。そして、何事も無かったかのように漂い始める。

――ごちそうさま。

「なんじゃ、こりゃ」

「これがウリクラゲ。ユーモラスなんだけど、ちょっと衝撃的。まるで妖怪アニメだよね。あまりの落差にショックを受けちゃう子供もいるんだよ。だから、ウリクラゲの給餌光景を見せない水族館もある。意見が分かれるところなんだけどね」

子供ならずとも、自分だって同じこと。半開きになった口が元に戻らない。だが、目の前の水槽光景は既に元へと戻っていた。のほほぉん、ほわわぁん。

修太さんは笑った。

「まあ、最初はピペットでの給餌だけでいいよ。クラゲ食のクラゲは、僕がやるから。ああ、それとコブエイレネクラゲも僕がやろうかな。かなり珍しいクラゲだから」

「え？　ナニクラゲ？」

修太さんは右上へと目をやった。棚の上にあるのは小さな水槽。その中で漂っているクラゲはアシゆらゆらタイプ。だが、小さい。三センチくらいしかない。

「コブエイレネクラゲ。このクラゲ、水族館で発見されたんだよ、けれど、まだ自然界では見つかってない。水族館でしか目にできないクラゲ。不思議でしょ」

「そんなことってあるんですか」

「そう、あるの。そんなクラゲを、当たり前のように、水族館では世話してるの。『水族館なんて自然のエセコピーだ』――そんなふうに言う人に、『どうだ』って胸を張りたくなるよね。水族館の面目躍如ってところかな」

修太さんは嬉しそうに水槽を見つめ、目を細めている。

だが、自分はこっそりため息をついた。

まだ五種類のクラゲしか説明されていない。それでも、もう頭はパンク状態。しかし、このクラゲルーム、知識に乏しい自分が見ても、十種類以上のクラゲがいる。

「あのう、どのクラゲにどんな給餌をするか――一つ一つ覚えなくちゃだめなんですよね」

「当然でしょ」

修太さんは即座に返答した。そして、再び片隅の道具箱へと向かい、真新しいノートを手に取る。それを手に、戻ってきた。

「さっき『詳しいことはノートに書いてある』って言ったけどさ、これがそれ。見ながらやれば、大丈夫だよ。あ、そうそう。ミズクラゲのポリプの世話も頼むよ。明日の夕刻までに、クラゲルームに移しとくからさ」

「あの、それって、何でしたっけ？」

「この間、見せたでしょ。小ビンに入ったミニイソギンチャク姿のやつ。クラゲの赤ちゃん。心配しなくていいよ。その時、説明したと思うけど、ポリプは最強。そんなに気を遣わなくても大丈夫だから」

本当に大丈夫か。

差し出されたノートを手に取る。由香は二度目のため息をついた。

5

本日をもって、先輩の仕事は完了。明日には帰ってくる。となれば、明日の段取りについて、少しぐらいは相談しておかねばならない。

由香は自宅アパートにいた。

壁の時計へと目をやる。そろそろ、予定の時刻か。

椅子に腰を下ろした。おもむろに、手を机の上へ。携帯を手に取った。まもなく、電話がかかってくる。予定の時刻は夜の九時。

「さあ、かかってこい」

携帯の時刻表示が九時になった。しかし、電話は鳴らない。九時十秒、まだ鳴らない。九時二十秒……よし、鳴った。

即座に電話へと出る。

「先輩」

息がはずんでならない。落ち着け。

「明日こそ……いえ、明日は、帰ってこれるんですよね」

「それがな」

先輩は言葉に詰まった。嫌な予感がする。

「運営基準の叩き台は、なんとか、出来上がったんだ。海遊ミュージアムのスタッフに、意見をきいて回ったんだけど」

「回ったんだけど？」

「思いのほか、いろんな意見が出てきてな。皆、最初は口が重いんだけど、いったん話し始めると、もう止まらない。で、『時間切れで、持ち越し』ってことが続出してしまって」

「あのう、それで」

「叩き台を修正して、明日からまた、意見をきいて回ることに。一周では足らずに、二周目に突入ってところかな」

「二周目？」

今度は自分が言葉に詰まった。

「それは……それは、お疲れ、さまです」

「そんな声を出すな。来週こそ、帰るから。それより、お前のことだ。クラゲの手伝い、どうなってる？　クラゲって、バックヤードの作業も大変なんだ。トラブルばかりで足手まとい――なんてことになってないよな」

「始めたばかりなんですよ。トラブルなんて起こしようが……そうだ。こっちのことより、そっちのことですよ。クラゲルームの写真、送ったんですから。『クラゲの企画展について、意見をきいてみる』って言ってたじゃないですか。どうだったんですか。それも二周目に突入？」

「いや、それはすぐに結論が出た。クラゲ展示の経験があるスタッフ、三人に話を聞いたんだ。けど、まあ、予想通りと言うか、何と言うか。やっぱり、クラゲって難しいんだな」

「運営基準に関わるようなこと？」

「いや、もっとシンプルで、実務的なこと。クラゲって、特別な水槽を使うだろ。転用できないんだよ。いや、別に転用してもいいんだけど、費用と労力をかけた水槽で、何やってんだってことになる」

先輩はため息をついた。

「クラゲは、他の水族と一緒に泳がせられない。つまり、展示はクラゲ一本で勝負。となると、誰もが『大きな水槽で目をひきたい』って考えるよな。けど、そうなると、費用も手間も場所も桁違いになってしまう。特に、場所の問題は深刻かな。クラゲって、バックヤードでも、結構、場所を取るから」

確かにシンプルで実務的な悩みだ。

「費用と労力をかけて、クラゲだけで広い場所を占領する——となれば、当然、『それに見合う成果を上げたのか』という話になるよな。大々的な企画をやって、それがこけると、大変らしいんだよ。非難ごうごうで」

「非難ごうごう？　来場者から？」

「いや、館内の担当者から。他の水族の担当者から責められるらしい。『そんな予算と労力と場所があるなら、こっちに寄こせ』って。まあ、アクアパークの場合、この点は大丈夫かもしれないけど」

考えてみた。アクアパークは海遊ミュージアムほど大きな組織ではない。せいぜい、倉野課長の愚痴ぐらいで済みそうだ。

「クラゲは難しいよ。来場者からアンケートをとっても、『きれいでした』とか『うっとりしました』とかしか書いてない。『照明の印象だけで、終わってるんじゃないか』って、自問自答がずっと続く。生態に目を向けてもらおうと、ポリプの展示をする水族館もあるんだけど……小さすぎて、興味を持ってもらえない」

先輩は、また、ため息をついた。

「クラゲルームの写真を見せた時にな、向こうの担当者が気の毒そうな顔をして、言うんだよ。『ここまでやっちゃったんですねぇ』って。こちらがキョトンとしてると、続けて言うんだ。『もう、何かやらないわけにはいきませんね』って」

思わず「うわぁ」と声が出た。

淡々とした言葉だけに、余計、身にこたえる。どんどんと追い詰められていっているのだ。なのに、当事者は認識してないような……大丈夫か、修太さん……と私。

「まあ、帰った時に、三人で相談しよう。来週末には帰れると思うから。もう一歩プロジェクトのテーマとなれば、アクアパーク全体の問題だ。俺も何か手伝わないと」

「来週末?　ほんとに、帰ってこれるんですか」

「ああ、たぶんな」

顔をしかめた。「必ず帰る」と言え。だが、その言葉は出てこない。

「ああ、それと、もう一つ」

先輩は話を続けた。

「俺がいない間、やってほしいことが一つあるんだ。ミユのことなんだけれど」

「ミユちゃん？　修太さんの娘さんのミユちゃんのこと？」

「そう。ミユはアクアパークのキッズモニターだろ。その更新手続きを頼まれてるんだよ。修太は、なんだかんだと理由をつけて、やりたがらないらしい」

「なんでまた」

「想像だけど……なんとなく分かるよ。たぶん、自分がバックヤードで悩んでる姿を、見せたくないんだろう。やっぱり、父親としては、格好いいところを見せたいもんな」

修太さんの気持ちは、分からないでもない。

「けど、ミユのやつ、校長先生から推薦状までもらってるんだ。手続きしないわけにはいかない。修太も分かってはいると思うんだけど」

「状況は理解しました。で、私、何をやれば？」

「アクアパークの規則では、まず、推薦者と面談。それから、キッズモニターの登録カードを本人あてに直接交付。面倒なんだけど、その手続きを頼みたくてな」

「キッズモニターの登録手続きなんて初めて知りましたけど……結構、お堅い規則になってるんですねえ」

「仕方ない面もある。登録カードとスタッフの付き添いがあれば、館内どこへでも出入り自由だから。まあ、気にするな。小学校に行って、校長先生と雑談。その帰りにミユと会って、登録カードを手渡し。実態はそんなもんだから」

校長先生とは、何度か顔を合わせたことがある。多少は緊張しそうだが、逆に言えば、それだけの話。クラゲの世話とは次元が違う。できないことはない。

了解と返すと、先輩は安堵の息をつく。「悪いな」と言った。

「ミユに『夏休み前にどうしても』と言われてたんだ。けど、俺も忙しさにかまけて、ずるずる先延ばしにしちゃってな。そろそろやっとかないと、夏休みに間に合わない。それに、手続きしてくれるのがおまえなら、ミユも安心するだろ」

「こういうことなら、いくらでも言って下さい。他には?」

「無い……いや、あった。この間、言いかけてたこと。ちゃんと最後に言っておかないとな」

居住まいを正した。わざわざ問うのではなかったかもしれない。とんでもない難題が飛んできそうな気がする。

「実は、俺の部屋のことなんだ。その、なんだ。あれだよ、あれ」

「あれ?」

「好きに使っていいぞ」

「は?」

「そろそろ、夏休みに向けての準備が始まるだろ。夏のシフト勤務も徐々に入ってくる。俺のアパートの方がアクアパークに近い。体が楽だろ。鍵は渡してあるよな。好きに使ってくれ。ただし、あまり散らかすなよ。スタッフルームのお前の机、結構、雑だからな。まあ、そんなところか」

先輩は最後にひとこと。「じゃあな」で電話を切る。

電話を手にしたまま唖然《あぜん》。その姿勢のまま、瞬きを繰り返した。頭の中で言葉を反芻《はんすう》して咀嚼《そしゃく》する。意味が分かってくると、動悸《どうき》が止まらなくなった。突然、そんなこと、サラッと言うか。部屋に出入り自由なんて、それは、まるで……。

携帯を見つめた。一人、ほくそ笑む。

「早く帰ってこい、良平」

由香は携帯を握りしめ、ガッツポーズをした。

6

本日は梅雨の晴れ間。久々に青空が広がっている。だが。蒸し暑い。自分達がいるのは校庭の土手。草むらの中に座っているのだから。

由香は手を止め、隣を見やった。

「ミユちゃん。この暑さ、もう完全に夏の暑さだよねえ」

「暑くたっていいの。アイスクリーム、食べられるなら」

頭上には大きなクヌギの木。その木陰で、ミユちゃんと一緒に、カップのアイスクリームを食べている。だが、何か重要な用件を忘れているような……。

「そう、そう」

膝上にアイスクリームを置き、鞄《かばん》に手をやった。取り出したのは、キッズモニターの登録カード。これを渡さねば、ここに来た意味が無い。

「はい、これ」

ミユちゃんにカードを差し出した。

「今日から使えるから。アクアパークの手続きは、もう済んでる。校長先生にも、そう言っといた」

「わあ、ありがとう、お姉ちゃん。頼りになるなあ」

ミユちゃんは満面に笑み。カードを嬉しそうに受け取った。

「やっぱり、梶お兄ちゃんと由香お姉ちゃんのペアは最高。パパは、全然、だめ。頼りになんない」

修太さんのため、ここは擁護すべきに違いない。が、せっかく自分達のことを「最高」と言ってくれたのだ。わざわざ、否定する気にもならない。仕方ない。今はその通りということにしておこう。

ミユちゃんは土手の草むらにカップを置いた。

「登録カード、無くさないようにしなくっちゃ」

そう言うと、手をランドセルへとやる。カードをしまい込み、代わりに、何か取り出した。「これ、見て」と言いつつ、それを自分の方へ。

『夏休みの自由研究ノート』

手に取って、めくってみた。

紙質は画用紙っぽい。下半分には日付欄と罫線《けいせん》欄。日記を書く欄になっていた。上半分には、大きな空白。絵を描くスペースに違いない。いかにも夏休みの課題っぽいノートだ。絵日記形式になっている。

「自由研究って、何をやるの？」

「何でもいいの。動物や植物の観察日記にする子が多いかな。でも、そんなのばっかり。毎年、誰かとテーマが重なっちゃう。だから、いつも悩んじゃうの。でも、今年は、なんとかなりそう。テーマはパパ」

「パパ？」

「パパって、今、クラゲやってるでしょ」

ああ、とつぶやき、うなずいた。

クラゲルームの光景を思い浮かべてみる。あの光景は壮観だ。しかも、そうそう見られるものでもない。クラスの皆は、ミユちゃんを羨《うらや》ましがることだろう。

「いいテーマだねえ」

汚さないうちに、真新しい自由研究ノートをミユちゃんへ返却した。そして、手を膝元へ。ミユちゃんと一緒に、アイスクリームをパクリ。

「クラゲなんて、他にやる子、絶対いないよ」

「クラゲじゃないよ。パパだって。テーマはパパ」

手を止める。瞬きしつつ、ミユちゃんを見つめた。

違うのか？

「クラゲに取り組むパパの記録だよね。クラゲルームも出来上がったし、これからは企画展もあるし」

「企画展？　たぶん、それ、やんないよ」

「へ？」

「おうちで晩ご飯を食べてる時にね、いろいろ、お話するの。それを聞いてると、なんとなく分かっちゃう。パパ、クラゲルームだけで満足しちゃってる。だから、きっと尻すぼみ。たぶんね、水槽を二つほど模様替えして、おしまい」

「そんなことないって。きっとね、今までにない企画展になるから。アクアパークのイメージを変えちゃうかも」

「それって、パパが言ってるんでしょ」

　黙って、うなずく。

　ミユちゃんは即座に「じゃあ、無理」と言った。

「最初は格好いいこと言うんだけど、尻すぼみ。パパって、いつも、そうだから」

「いつも？」

「パパって、最初はいつも鼻息が荒いの。難しいこと言ってる。『子供達のために、画期的なジョウソウ教育を』とか。時々、そんなこと言って、新しい水槽を買ってくるの。そう言わないと、ママに『買っちゃだめ』って言われるせいもあるんだけど」

　どこかで聞いたような話ではないか。

　ママを「倉野課長」に、新しい水槽を「新しいバックヤード」に、画期的な教育を「画期的な企画展」に、それぞれ置き換えれば……今の状況そっくりだ。

「でも、パパ、水槽作りをしてるうちに、だんだん、自分だけの世界に入っちゃう。で、いつの間にか、いつもと同じ水槽を作ってるの。出来上がってから『画期的なんて無理だよねえ』なんて言ってる。結局、似たような水槽が一槽、増えただけ」

　子供は親をよく見ている。

「ママがよく言ってる。『こういうことしちゃだめよ』って。大人になると、『上のヒト』っていう人がいて、その人に叱られちゃうんだって」

ママもよく見ている。だが。

由香はスプーンをくわえたまま、小首をかしげた。

どうにも分からない。先程ミユちゃんは「きっと尻すぼみ」と言った。そう思うならば、なにもわざわざ、自由研究のテーマにすることはないではないか。なのに、『テーマはパパ』。いったい、どういうことなのか。理由が知りたい。だが、家庭に関わる私的な話でもある。尋ねて良いものかどうか。

「ねえ、お姉ちゃん、知ってる？」

悩む間も無い。ミユちゃんの方から尋ねてきた。

「ザセツっていう言葉」

「まあ、それなりには。知ってるというか、毎日してますというか」

「この間ね、図書室の本、読んでたら、その言葉が出てきたの。ミユ、分かんないから、担任の先生にきいちゃった。そうしたらね、『大人だけの特別な出来事』なんだって」

「いや、まあ、そんなに大層なものでもないかと」

「先生の説明によると、こんな感じ。夢いっぱいの人が『それだけじゃ生きていけないんだ』って分かって、くじけて、『ああ、自分はダメ人間なんだ』って、いっぱい落ち込んで、それでいて、それが少し気持ち良かったりして、落ち込んでる自分に酔っちゃう——そんな出来事なんだって。複雑でしょ。大人だけの特別な出来事」

先生、いったい、どんな経験をしたんだ？

「ザ、セ、ツ」

ミユちゃんはうっとりとした口調でつぶやいた。空を見上げる。

「いいなあ、大人の人って」

「いや、良くないから」

「あのね」

ミユちゃんは顔を戻した。息をはずませている。

「パパも、きっとすると思うの。ザセツ。だから、それを観察日記にしようと思って」

「いやあ、それはどうでしょ」

テーマはパパ——そういう意味か。

「やっぱり、クラゲをテーマにした方がいいんじゃないかな。何と言っても、ミユちゃんはキッズモニター。そういうことを生かした方が、先生のウケもいいと思うし。だからね、やっぱり、ここはクラゲで……」

「クラゲのことも、ちょっとは入れるよ。でもね、メインは『クラゲの企画展でパパがザセツ』ってところ。絶対、他の子はやらない」

「それは、まあ……他の子はやらないと思うけど」

「決めたっ」

ミユちゃんは大声で宣言した。もう息をはずませているだけではない。目も輝かせている。おまけに、頬まで赤らめていた。

「ほんとのこと言うとね。アサガオの観察日記と、どっちにするか悩んでたの。でも、もう悩まない。だって、由香お姉ちゃんのおすすめだもの」

「いや、すすめていませ……」

「相談してよかったっ」

「いや、相談されてませ……あのう、もしもし？」

もうミユちゃんは話を聞いていない。大口を開けて、アイスクリームをパクリ。そして、満足げに「ああ、おいし」と言った。

7

ミユちゃんの言葉は、次第に、現実のものとなりつつある。

由香はクラゲルームへと入り、ため息をついた。

クラゲの企画展に進展は見られない。だが、今のところ、自分ができることは一つしかないのだ——クラゲルームの仕事の手伝いをし、修太さんの空き時間を作る。そして、企画展の方に専念してもらう。それしかない。

「じゃあ、やるか」

まずは、クラゲルームの奥へと足を進めた。道具箱横のバケツを手に取る。次いで、棚の隅に置いてある小ビンを手に取った。バケツはただのバケツだが、小ビンはただの小ビンではない。クラゲの赤ちゃん、ポリプが入った小ビン。この水を取り換えるところから、本日の作業は始まる。

「気をつけてやらないと」

クラゲの赤ちゃんには、濾過装置付きの水槽は使いにくい。赤ちゃんの体長は僅《わず》かに一ミリ。下手をすれば、濾過パイプに吸い込まれていってしまうから。となれば、手作業にて、まめに水を取り換えるしかない。

とはいえ、作業そのものは、難しくはないのだ。赤ちゃんはミニイソギンチャクみたいな姿で、ビンにくっついているから。小ビンの中の水をバケツへとあける。その小ビンに新しい海水を注ぐだけ。しかし、この作業、油断していると……。

「ああっ、赤ちゃんが」

ミニイソギンチャク……いや、クラゲの赤ちゃんが、何体か小ビンから剝がれ、バケツへと入ってしまった。仕方ない。ピペットで、一体、一体、吸い上げ、小ビンへと戻していく。一体め、二体め、三体め、四体め、五体め……。

「やっと、終わった」

額の汗を拭って、一安心。こうやって、一ビンずつ、水を換えていく。全てのビンの水換えが済めば、クラゲルームの扉近くへ。

次は、大人のクラゲだ。

クラゲの状態を確認しつつ、水温をチェック。ここには、夏の海が好きなクラゲもいれば、まだ冷たい春の海が好きなクラゲもいる。それに合わせて、常に、最適な水温にしておかねばならない。時には、あわせて塩分濃度と酸性度もチェックする。一通り済めば、次の作業へ。

「給餌しなきゃ」

修太さんから預かったノートを見ながら、一槽一槽、給餌していく。教えてもらった通りに。手が届かない最上段の水槽では、脚立を使って給餌を進めていく。一槽済めば、いったん下りて、次の水槽前辺りに移動させ、また脚立の上へ。その繰り返し。

全ての給餌を終えれば、また最初の水槽へと戻る。きちんと食べてくれているかを確認した方が良いから。給餌と同じ順で水槽を巡り、全てを確認し終えて一段落。ようやく一息つくことができる。

――クラゲって、バックヤードの作業も大変なんだ。

「確かに、それはあるよな」

先輩の言葉を思い返しつつ、一人、うなずいた。体験してみて、初めて分かることに違いない。それと同時に、分かったことが、もう一つ。

「これも体験してみないと」

片隅にある風呂イスを手に取った。それをクラゲルームの真ん中へと置く。腰を下ろして、ゆっくり周りを見回していった。

前を向けばクラゲ。右を向いても左を向いてもクラゲ。三段の水槽棚ゆえ、高さもある。風呂イスに座っていると、クラゲに包まれているように感じられてならない。時には、海の中にいるような錯覚すら覚えてしまう。これこそ、まさしく、至福の時間だろう。それ以外の言葉は見つからない。

「ほんと、やめられないよな」

ミズクラゲは今日も揺れていた――ふわり、ゆらり。アマクサクラゲは今日も絡まっていた――いやん。ウリクラゲは今日もスイカになっていた――のほほぉん。だが、それだけではない。

「いろんなの、いるよなあ」

右側の水槽棚を見上げた。

そこには色つきのクラゲ。薄茶色にしてキノコのような体つき。マッシュルームそっくりで、独特の泳ぎ方をしている。ひゅるん、ひゅるん。なんとも能天気な泳ぎ方ではないか。

この奇妙なクラゲの名はタコクラゲ。名付けた人は『キノコ』ではなく、『タコ』に見立てたらしい。色がついているのは、藻が共生しているからとの由。そこからエネルギーがもらえるため、あまり食べなくても元気とのこと。ミステリアスにして、能天気。不思議な魅力満載と言っていい。

そのまま目を下の方へとやった。

ここにある水槽はクライゼル水槽ではない。普通の水槽が置いてある。その水底では、なんと、クラゲが引っ繰り返っていた。傘を底につけ、短く太めのアシを上へ。そのアシが揺れている。温泉マークのような格好だと言っていい。

初めて見る人は心配するだろう――弱って沈んでるのでは、と。だが、心配ご無用。もともと、こういうやつなのだ。その名もサカサクラゲ。その気になれば、たまに泳ぐらしい。自分はまだ見たことがない。クラゲ界の異端児と言うべき存在。泳ぐ姿を見るまでは、そういうことにしておこう。

左側の水槽棚を見上げた。

そこには、絵つけ皿がごときクラゲ。傘には赤い線状の模様。透明にして紐状のアシが優雅かつ怪しげに揺れている。思わず見入ってしまう美しさ。だが、毒は強いらしい。『きれいな人には毒がある』――そんな至言を地で行くようなクラゲ。けれど、名前は平凡極まりない。アカクラゲ。誰だ、そんな名前をつけたのは。もう少し考えた方が良かったのではないか。

そのまま目を下の方へとやった。

そこには哺乳瓶の蓋がごときクラゲ。ぴょろんとしたツノみたいな触手が、上へと伸びている。ホニュウビンクラゲではない。名前はヤジロベエクラゲ。二本の触手があるからとの由。でも、『上に向かって、ぴょろん』という状態だと、全然、ヤジロベエらしくない。もう一度、問いたい。誰だ、この名前をつけたのは。

奥の水槽棚へと目を向けた。

突き当たりには、大きなクライゼル水槽。超然とも言える程の長いアシ。本体はガラス細工のようにきらめいている。透明度が高すぎるがゆえ、ライトで照らしてみなければ、この美しさは分からない。ライトも悪くないと思わせる存在――ギヤマンクラゲ。実にロマンある名前ではないか。だが、謎はある。こんなに長いアシなのに、アマクサクラゲほど、もつれたりはしないらしい。なぜ？

「ギヤマンクラゲ、あんたは偉い」

クラゲ達に囲まれていると、時がたつのを忘れてしまう。クラゲルームならではの不思議な感覚と言っていい。だが、時折、邪魔は入る。

今日も胸元で携帯が鳴った。

誰よ。こんな時に。

「もしもし、修太でぇす。あのさ、クラゲルームの仕事のことなんだけど、僕も、もう少しやった方がいいと思うんだよね。だから……」

「だめです。修太さんは企画展の方に集中して」

言い切って、電話を切った。

再びクラゲに包まれる。まさしく、至福の時間。この時間、誰にも譲ってなるものか。だが、この不思議な感覚について、誰かと語り合いたいのも事実……そうだ。今週末には、先輩が帰ってくる。その時に、たっぷり先輩と話そう。となれば、その材料となる写真がいる。仕事用ではない、クラゲのプライベート写真が。

「よし」

立ち上がって、携帯をカメラへと切り替える。そして、最初に給餌をした水槽へ。

由香は再びクラゲ水槽を巡り始めた。

ごはんは炊けた。手抜き気味だが、シチューも作ってある。あとはただ、先輩が帰ってくるのを待つのみ。

8

由香は梶のアパートにいた。

リビングの食卓用ローテーブルに、料理を並べていく。目を壁の時計へとやった。先輩の帰宅予定は夜七時半。まもなく、その時がやってくる。ここに至って、また延期となれば、もう笑うしかない。しかし、今のところ、そんな連絡は入っていない。

「今度こそ、帰って来て下さいよ、先輩」

テーブルに缶ビールを追加する。その時、玄関の方で物音がした。ドアが開く音のようだ。ならば、先輩以外には考えられない。

「おかえりなさぁい」

声を張り上げて、玄関先へ。

先輩は土間で靴を脱いでいた。顔を上げ、戸惑うような表情を見せる。そして、ぎこちなく「ああ」と言った。

「来てたんだな」

「何、言ってんですか。事前に、ちゃんと言いましたよ。何か作って、帰りを待ってるって。まずかったですか」

「そんなわけないだろ。ただ……その、慣れてなくてな」

「いや、いや、私だって。別に、その、慣れてるってわけじゃ」

「そういう意味じゃない。家に帰ると、誰かに出迎えてもらえる——おかえりなさいって。こんな経験、俺には、ほとんど無いんだよ。だから、その、つい……な」

先輩があまり実家に帰っていないことは知っている。何か事情があるらしい。しかし、今はそれをきく時ではない。

「ともかく」

先輩の腕を取った。

「こんな所じゃなんですから、遠慮せずに中に入って……って、私が言うのも変ですね。先輩の部屋なんですから」

「まあな」

先輩は照れくさそうにリビングへ。部屋に入るなり、「いい匂いだ」とつぶやいて、振り向く。「一杯やるか」と言った。

「酒が入った方が、お互い、話しやすいだろ。俺は海遊ミュージアムでの仕事について。おまえはクラゲの仕事について。話すことは山ほどあるからな」

二人そろって床へと腰を下ろした。テーブルを挟んで、缶ビールで乾杯する。先輩は海遊ミュージアムでの出来事について語った。それが終われば、自分の番。酔いもちょうどいい具合に回ってきている。写真を見せつつ一席ぶった。もちろん、話す内容は決まっている。クラゲルームで感じた、あの驚きとくつろぎについて、だ。

「ほんと、不思議な感覚なんですよ。癒やしって、こういうことなんですねえ。こればかしは、経験してみなきゃ分かんないな」

「確かに、クラゲって、そういうところがあるよな」

先輩は写真を見つめつつ、納得したようにうなずいた。シチューのじゃがいもを口へと放り込む。顔を上げると「実はな」と言った。

「俺もおまえと同じような感覚に包まれたことがある」

「いつ？　クラゲルームは、まだ見ていないですよね」

「三、四年くらい前かな。バックヤードの床に、クラゲの予備水槽を直接置いてた頃があったんだ。俺は、そのバックヤードで、やらかした」

「やらかした？」

「小型魚向けのペレットを、床にこぼしてしまったんだ。慌てて這いつくばって、ペレットをかき集めた。その時、何か周囲に気配を感じて……顔を上げたら、クラゲに囲まれてた。前後左右、全部クラゲ。当たり前だ。俺はクラゲ水槽の間で這いつくばってたんだから」

先輩は缶ビールを口へ。一口飲んで、息をついた。

「その時、感じたんだよ。おまえの言う『驚きとくつろぎ』の感覚。と、同時に思った。クラゲも俺も生きてる。遠い存在だけど、どこかでつながってんだって」

「どういうこと？」

「進化系統樹を書くとな、クラゲって根元辺りに来るんだよ。原始的な生命体で、遠い存在だと言っていい。まあ、クシクラゲの位置については、諸説あるんだけどな。それでも、系統樹の根元辺りに来ることは間違いない」

先輩は目を細めた。

「クラゲには心臓は無い。けれど、心臓のリズムで拍動する。見つめていると、同化していくような錯覚を覚えるんだよ。内的な共鳴って、こういうことなのかもしれないな。で、妙に癒やされる。俺はクラゲ以外で、そんな感覚を覚えたことは無い」

「無い？」

「考えてみてくれ。たとえば、ペット類。『かわいい』仕草で訴えかけてくる。それに人は、とりこになってしまう。つまり、情感の起点はペット側にあるんだ。その情感を左右する主導権も、ペット側だと言っていい。だから、『驚き』や『怖れ』が伝わってくることだってある」

先輩は新しいビール缶を手に取った。

「けれど、クラゲはどうだろ？　そんなことは起こらない。クラゲは常に『無』なんだよ。ただ、そこに漂っている。で、いつの間にか、自分の方が『無』であるクラゲに吸い寄せられ、同化してしまっている。同じ『魅せられる』でも、明らかに違うよな」

「先輩、よく、そんなこと、考えられますねえ」

「それ、けなしてんのか、ほめてんのか」

「まあ、両方かな」

先輩は顔をしかめた。

「じゃあ、もっと分かりやすく言ってやる。ようするに、よく分からない感覚なんだよ。無理やり口に出すと、余計に分からなくなる。けど、同じ状況に置かれれば、ほとんどの人が同じような感覚を覚えると思う。鈍感なおまえでも感じたんだから」

先輩の口調が、だんだん、いつもの調子に戻ってきた。先輩の場合、多少ぶっきらぼうな方が安心できる。しばらく会っていなかったせいもあると思うのだが。

「で、どうなってるんだ？」

「あの、何が？」

「企画展だよ。クラゲの企画展。今日はアクアパークに寄ってないから、修太とは話せてない。順調に進んでるのかな」

「それが」

企画展そのものに、直接関与はしてない。だが、大雑把《おおざっぱ》なことなら分かる。取りあえず、自分が知っていることを順に話していった。

今のところ、常設展の内容から大きく変わる計画は出てきていないこと。どうも、クラゲ水槽を二槽ほど増やす程度で収まりそうなこと。そして、追加情報。それをミユちゃんは見越していて、『パパのザセツ観察日記』なんて言い出していること。

話し終えて、先輩の顔を見る。

先輩はため息をついた。

「企画展そのものはともかくとして、ミユの件は気になるな。まあ、それも修太に任せるしかないんだけど」

「水槽の照明は見直すみたいですよ。修太さん、照明器具の最新カタログ、見てましたから。色がゆっくり自動的に切り替わっていくやつ。濃淡を含めて全自動。結構、カラフルだったな」

「カラフル？　修太が？」

「パソコンにクラゲ水槽の写真を取り込んで、いろんな色をシミュレーションしていました。『結局、こうなっちゃうんだねえ』なんて言いながら」

先輩は無言でビール缶を手に取った。それを一気に空けて、息をつく。独り言のように「そうか」と言った。

「クラゲの場合、照明は欠かせない。悪くはない。そうとは思うんだけど……修太のポリシーとは違うよな。『気が進まないけど、他に手は無し。クラゲ展示って、こういうもの。仕方ないんだ』――そんなところなんだろうけど……これって、まさしく、大人の挫折だよな」

「でも、実際、それしか手がありませんよね」

「いや、そうでもないと思うんだ」

先輩は頭をかく。また新しいビール缶を手に取った。今日のピッチは早い。そんな調子で飲んでて、大丈夫か。

「おまえ、さっき話してたよな。クラゲに包まれるような不思議な感覚。驚きとくつろぎ。じゃあ、その時の照明は？　普通の照明だっただろ」

「それは、まあ、そうですが」

「俺が床に這いつくばった時も、そうだった。特別な照明を使ってたわけじゃない。そもそもバックヤードでは、派手な照明は使いにくい。きちんと食べたかどうか、摂《せっ》餌《じ》の確認がしにくくなるから」

脳裏にミズクラゲの姿が浮かんできた。ブラインシュリンプを食べ、四つ葉模様を肌色に染めている姿が。ライトの色次第だろうが、確認しづらいケースも出てくることだろう。

「それ以前に、もっと根本的な問題もある。クラゲに限らず、水族がしゃべり出すことはない。となれば、面倒見のポイントは一つ。『いつもと何か違う』――これに担当者が気づけるかどうか。照明が切り替われば、見た目の印象は大きく変わる。派手に切り替われば、微妙な違いなんて吹き飛んでしまう」

先輩はビールを一口。缶を置いて、ため息をついた。

「カラフルな照明じゃなかったけど、俺もおまえも感じた。なんとも表現しにくい不思議な感覚。あれが来場者に伝わればいいんだけどな」

それはある。だが。

「さすがに、来場者向けは無理ですよ。ホールみたいな所を会場にして、壁全面を水槽で覆い尽くすとかしないと。アクアパークには、そんな場所無いし、あっても、水槽が足りそうにないし。それに、実施するための予算と時間が。もう、何もかも足りないものばかりです」

「そうだな。考えても無駄か」

「無駄とは言いませんけど……まあ、その、仕方ないです」

なるほど、これが大人の挫折か。ため息が出た。二人そろって缶ビールを空ける。

更には、そろって後ろ手をついた。

「ところで」

先輩が自分の方を見た。

「話が変わるけど……おまえ、今日ずっと、その格好か？」

「その格好って……まあ、この格好ですよ。日中、作業着に着替えましたけど」

「そういう意味じゃなくて」

先輩は身を起こした。そして、片手を後頭部へとやる。「はねてる」と言った。

「もう、サカサクラゲみたいだ」

「へ？」

慌てて、床上の鞄を手に取った。コンパクトを取り出して確認してみたが、どうにも分かりにくい。立ち上がって、部屋隅の机へ。コンパクトを手鏡にして背後へ回してみた。机のスタンドミラーをのぞき込む。

ほんとだ。後ろの髪の毛が、派手にはねてる。

「なんで、もっと早くに、言ってくれないんですか」

「無茶言うな。久し振りに顔を合わせたんだぞ。いきなり、そんなこと指摘できるか。酒が入って落ち着いてきたから、言えるんだ」

それで、やたらと飲んでいたのか。

「じゃあ、アクアパークの皆は？　なんで、言ってくれなかったんだろ。大勢の前でイルカライブまでやったのに」

「それに関しては、何とも言えないけどな。たぶん、おもしろくて、指摘できなかったんだろ。今日のイルカライブは、大盛り上がりだったんじゃないか。新しいドジトレ姉の誕生。良かったな」

なんてこと言うんだ、この人は。

眉間に皺《しわ》を寄せ、顔をしかめた。その時、視界の片隅で何かが揺れる。目を向けると、夜のベランダ戸に自分の姿が映っていた。横向きになっていると、よく分かる。ほんとに、サカサクラゲみたいだ。はねた後ろ毛が揺れている。

「先輩、洗面台、借りますっ」

改めて、鞄を手に取った。それを手にして洗面台の方へ。リビングから出ようとした、まさにその時、先輩が言った——いや、待てよ。

「手はあるかもしれないな」

「そりゃあ、ありますよ。取りあえず、髪の毛を濡《ぬ》らして、ドライヤーで……」

「そっちの話じゃない。クラゲの方の話。ちょっと思いついた」

先輩もまた自身の鞄を手に取った。ノートを取り出し、なにやら書き始める。おまけに電卓まで取り出した。何度か電卓を叩いて、顔を上げる。興奮したように「いけるかも」とつぶやいた。

「思ったより、費用はかからない」

「無いのはお金だけじゃなくて、時間も、ですよ」

「俺が手伝う。そのために、海遊ミュージアムの仕事を片付けてきたんだから。それにミユの件もある。『パパのザセツ観察日記』なんて、放っておけるわけないだろ」

先輩は鞄から手帳を取り出し、慌ただしげにめくり始めた。

「おまえは企画展の告知を担当してくれ。ポスターくらいは作らなくちゃな。で、前日の夕方、ミユを企画展の会場に連れてこい。関係者限定のプレ・オープンをやるから」

「夕方に？」

「ああ。できれば、終了時間間際の方がいいな。その時間帯なら、おまえとミユだけになってるだろ。それなら、いくら大声を出しても大丈夫。たっぷりと驚かせてやる。ミユに『大人ってやるな』と思わせなきゃな。それが大人の務めってもんだろ」

「あのう、何をやる気？」

「うまくいくかどうか分からない。だから、秘密。それに、おまえにしゃべると、ミユに話が伝わっちゃいそうだから。それだと、びっくりさせられない」

「ムキになってません？　かえって、大人げないような……」

「修太とミユだけの問題じゃない。将来は、俺達だって」

「俺達だって？」

なぜか、先輩は慌てて顔をそらした。「ともかく」と続ける。

「パパは偉大なんだよ。まあ、見てろ」

わけが分からない。けれど、この様子では、止めようがない。

「分かりました。企画展のポスターは作りますけど……内容が分かんないんじゃ、ポスターも作りようが。せめて、内容のイメージくらいはないと」

「何でもいい。まかせる。クラゲの写真を用意して、総務の広報係に渡せば、あとは適当にやってくれるから。いや、いっそ、おまえが描いたら、どうだ？　新しい企画展なんだから。そんなポスターがあってもいい」

そう言うと、先輩は電卓をテーブルの隅へ。代わりに、ノートを手元へと引き寄せる。胸元から携帯を取り出し、どこへやら、かけ始めた。

「あ、もしもし……遅くに悪いな。いや、実は、クラゲの企画展のことで……そうなんだ。ちょっと相談したいことがあって」

どうやら、修太さんにかけているらしい。

「いや、企画展の設営で……そう、それ。悪くはないだろ？　ただ厄介で面倒なことは間違いない。でも、夏休み第一週目の週末くらいなら……そうなんだよな。で、考えたんだけど」

先輩は何やら設備の専門用語を口にし始めた。が、すぐに「ちょっと待って」と言い、送話口を手でふさぐ。耳から携帯を離し、自分の方を見た。促すように、目をリビング出口へとやる。「はねた毛、直してこい」と言った。

「そんな毛で、まじめな顔されると、噴き出しそうになるんだ」

何か言い返したい。

だが、修太さんは、先輩と自分が同じ部屋にいるなんて、思ってもいないだろう。声を出すわけにはいかない。なら、どうする？　いっそのこと、抱きついて、電話の邪魔をしてやるか。

「悪いな。待たせて」

先輩は電話へ戻ってしまった。

「誰かいるのって……馬鹿、そんなわけないだろ。アパートから電話してんだから。いるとすれば……野良猫。そう、野良猫。最近よく現れるんだ。後ろ毛を逆立たせて。そんなことより、企画展のこと。やってみないと分からないことは多いんだけど、取りあえず……」

先輩は声を潜めた。テーブルに肘をつき、うつむき加減になる。そして、背に手を回し、邪魔だとばかりに手を振った――シッ、シッ。

わしゃ、野良猫か。

黙って眉をひそめる。由香は思い切り大声で「ニャア」と鳴いた。

9

クラゲの企画展プレ・オープンまで、十日を切った。企画展告知ポスターは自分の仕事。目の前の作業テーブルには、ポスター用紙が広げてある。

「よぉし、描いてやろうじゃないの」

由香は腕をまくり上げた。

取りあえず、ありふれた写真ポスターは既に作ってある。配布も済ませた。だが、それだけでは、どうにも物足りない。『今までに無いことをやってるな』――そう思わせる何かが必要な気がするのだ。

――いっそ、おまえが描いたら、どうだ？

別に、先輩の言葉にのせられたわけではない。だが、今のままでは訴求力に欠けるのも事実。そこで、当日用の案内ポスターを追加することにした。むろん、ありきたりのポスターにするつもりはない。

「斬新なポスターにしないと」

由香画伯、ここにあり。我が魂のクラゲを見よ。

「いざ」

クレヨンを手に取った。ポスター用紙にいろんなクラゲを描いていく。ミズクラゲ、ウリクラゲ、サカサクラゲ、アカクラゲ……伊達《だて》や酔狂《すいきょう》で、毎日、クラゲルームにいたわけではない。頭に思い浮かべれば、もう手が勝手に動く。図鑑で見ただけのクラゲだって、お手のもの。フウリンクラゲ、ベニクラゲ、オビクラゲ……。

「こんなもんかな」

身を起こして、クレヨンを置く。

ポスター全面で、様々なクラゲ達が入り乱れて漂っていた。悪くない。いや、我ながら、なかなかの出来ではないか。もしかして、自分は職業の選択を間違えたのではあるまいか。

満足の息が漏れ出た。

その時、背後でドアが開く音がする。

「あれ、由香先輩」

後輩のヒョロが部屋へと入ってきた。

「どうしたんですか、こんな時間に。午前中は、クラゲの方の仕事なんじゃ」

「だから、今、それをしてるの。クラゲの企画展の仕事。ポスター作り」

「へえ。すごいですゥ」

ヒヨロは作業テーブルへ。ポスターをのぞき込んだ。だが、なぜか、首をかしげる。

「あのう」とつぶやきつつ、顔を上げた。

「これって、UFO展のポスター?」

「アクアパークは水族館なのよ。クラゲ展に決まってるでしょうが。クラゲ展ったら、クラゲ展」

「クラゲには見えないですゥ。なんだか、円盤みたいだし。UFOの皆さん、そろって慰安旅行。そんなふうに見えますゥ」

「慰安旅行?」

ヒヨロは手をポスターの下隅へ。「ほら」と言いつつ、指さした。

「ここに温泉マーク、ありますよ」

「違うっ。それ、サカサクラゲッ。いるのよ、そういうクラゲが」

「じゃあ、これは? 皆でキノコ狩りでしょ」

「違うっ。それ、タコクラゲ。群れて泳いでるの」

「分かった。UFOの家族旅行なんだ。哺乳瓶あるから」

「そう、ほんと、それ、哺乳瓶……違うっ。それ、ヤジロベエクラゲ」

「見た人、絶対、分からないですゥ」

分からない？

真っ赤になって、ポスターを見つめた。無理をせず、写真を題材にするべきだったか。だが、それでは、やはり迫力に欠けるのだ。今さら変更はできない。

「大丈夫よ、大丈夫」

由香は胸を押さえ、深呼吸した。

「これからタイトルを入れるんだから。それがあれば、間違えようがない。まあ、見てて。ちょっと鉛筆で下書きしてみるから」

ポスターの上部へと、鉛筆を持っていった。タイトルは既に考えてある。大きく手を動かし、その案を書き込んだ。

『新&ネオ　大クラゲ展』

「どう？　昨日の夜、寝ずに考えたんだけど」

「新とネオって、同じ意味ですよね」

「強調表現。斬新なるポスター表現」

「見た人、分からないですぅ」

分からない？

「じゃあ、何てタイトルにするのよ。ヒヨロも、ちょっとくらい考えてよ」

ヒヨロはポスターを見つめ、考え始めた。一人で「ええと」とか「ううんと」とかつぶやいている。しばらくして、手を叩き「そうだ」と言った。

「こんなのは？　ナゾの」「いいねえ。はい、ナゾの？」

「大ＵＦＯ展開催中とか」「なんで、そこに戻るのよっ」

いや、待てよ。

慌てて、手を消しゴムへとやった。先程のタイトルを消し、もう一度、書き込む。

『ナゾの大クラゲ展、開催中』

ナゾであるのは事実なのだ。まだ、先輩と修太さんの頭の中にしかないのだから。ポスターを作っている自分ですら、見当もついていない。

「これで、どう？　ヒヨロ」

ヒヨロはポスターをのぞき込んだ。なぜか、またもや、首をかしげる。ポスターの上隅を指さし「ここ」と言った。

「ナメクジ、飛んでますぅ」

「それ、ウリクラゲッ」

由香はまた真っ赤になった。

10

ついに、この日がやってきた。クラゲの企画展、プレ・オープンの日。額の汗が、どうにも、止まらない。

由香は観覧通路のスロープで立ち止まった。つないでいた手を放して、汗を拭く。ミユちゃんが怪訝《けげん》そうに言った。

「どうしたの、由香お姉ちゃん」

「緊張して……ます」

プレ・オープンは午前十時に始まった。そして、既に夕刻。終了時間が近づいている。おそらく、自分達は最後の見学者となるだろう。

胸に手を置き、深呼吸を繰り返した。

会場には既に多くの人が訪れている。ボランティア会の人達、友の会の人達、近隣自治会の人達。しかし、大半は大人の人達だと言っていい。内心「代わり映えしないな」と思っていても、口に出すことはない。だが、子供は正直だ。思ったことを口にする。ミユちゃんとて、例外ではない。

「早く行こうよ。ミユ、先に行っちゃうよ」

「あ、待って」

慌てて、ミユちゃんのあとを追った。

この先、通路は三叉路《さんさ》となり、枝分かれしている。まっすぐ行けば、常設展のアマゾン生態ゾーン。右へと曲がれば、クラゲ企画展の会場に至る。

会場に行くのが少し怖い。

ここ数日、修太さんと先輩は館内を駆けずり回っていた。もうドタバタ。あの様子からして、結局、間に合わなかったという可能性が高い。企画倒れで、尻すぼみ。まさしく、大人の挫折だ。そんな光景など見たくはない。が、見ずにすませるというわけにもいかず……。

「なに、あれ」

ミユちゃんが三叉路で声を上げた。枝分かれの先を見つめている。足を速めて、その背後へ。ミユちゃんの視線を追った。

「なに、あれ」

くしくも、同じ言葉が漏れ出た。当然だ。企画展らしき光景は、何も無いのだから。

それどころか、観覧通路が黒い壁で閉ざされている。

「お姉ちゃん、ここでいいんだよね」

「いい……と思います」

場所を間違うわけがない。それに、ここが企画展会場である証《あかし》だってある。黒壁の前には、見覚えのあるポスター。立て看板に貼ってあるのだ。

『ナゾの大クラゲ展、開催中』

おそるおそる、黒壁へと近づいてみた。

近くで見れば、何でもない。壁に見えたのは、厚く黒い布地。どこかで、暗幕を借りてきたらしい。なぜ、こんな物を設置しているのか、見当もつかない。だが、ミユちゃんは別のことが気になるらしい。立て看板のポスターに顔を近づけていた。

「クラゲ展なんでしょ。どうして、UFOの絵なんだろ」

「たぶん、それ、クラゲだから。いや、絶対そうだから」

「UFO出てきたら嫌だな。やっぱり、入るのやめる？」

「入る。入るって。入らなきゃ。ここまで来たんだから」

もう、どちらが子供なのか、よく分からない。

ミユちゃんは分別《ふんべつ》ある大人のように「分かった」と言った。そして、暗幕をかきわけて、会場内へ。その背に自分もついていく。中に入って、驚いた。

かなり薄暗い。

足元には幾つもの豆ランプが並んでいた。観覧コースに沿って並べてあるらしい。だが、この程度の明かりでは、肝心の展示が……。

「クラゲだっ」

突然、ミユちゃんが叫んだ。拳を握りしめて、天井を見上げている。何が何やら分からない。取りあえず、その視線の先を追ってみた。

信じられない。

薄明かりの中、クラゲが漂っていた。一体だけではない。数え切れない程のクラゲが漂っていた。ミズクラゲが陽気に揺れている。アカクラゲは妖しげにゆらめき、ギヤマンクラゲはガラス細工のようにきらめく。そして、アマクサクラゲ。幽玄の美を漂わせつつ、今日も絡まっている。

むろん、カブトクラゲとウリクラゲもいた。いつものように、宇宙船がごとく漂っている。その間を、タコクラゲが達者な泳ぎで縫っていく。様々なクラゲの様々な佇《たたず》まい。そんな情景が頭上にある。いや、頭上を覆っていると言うべきか。

背中がゾクゾクとした。

まったく、カラフルではない。カラフルどころか、モノトーンに近い。しかも、薄明かり。だが、それがゆえ、神秘的に感じられてならない。クラゲ達のリズム。それぞれのリズムが伝わってくる。

「お姉ちゃん、上だけじゃない」

ミユちゃんは興奮した様子で、周囲を見回していた。慌てて、自分も見回してみる。

右もクラゲ。左もクラゲ。どこを向いても、クラゲだ。

「お姉ちゃん、包まれてるんだよ、私たち」

四方八方でクラゲが漂っていた。自分達はその中にいる。

どこなんだ、ここは。

果てしない空間、薄明かり。微《かす》かなきらめき。錯覚に襲われた。もはや海を超越している。これは宇宙だ。無限に続くクラゲの宇宙——自分達は、その一部となり、つながっている。これまでずっと続いてきた。これからも永遠に続いていく。有限である命の、無限の営み……いや、ちょっと待て。

我に返った。

ここはアクアパークであり、企画展の会場なのだ。しかし、アクアパークに、こんなに広いフロアは無い。いや、それ以前の問題だろう。自分の肌感覚では……建物自体の大きさを、はるかに越えている。

「いったい、どうやって」

呆然《ぼうぜん》としつつ、周囲を見回していった。頭上、そして、前後左右。クラゲ、クラゲ、クラゲ。どうなってるんだ、ここは。

薄闇の中から声が聞こえてきた。

「ヒントは、後ろ毛だよ」

薄闇の中で人影が揺れる。懐中電灯らしき明かりも揺れた。人影は次第に濃くなり、自分達の方へと近づいてくる。

先輩だった。

「おまえの後ろ毛、派手にはねてただろ。コンパクトを持って、鏡をのぞき込んだよな。それを見て、ふと思ったんだ。合わせ鏡――これを利用できないかなって」

そう言うと、先輩は懐中電灯を動かした。その瞬間、四方八方、幾つもの光が走る。右に、左に。そして、天井にまで。

「大雑把に言うと、巨大な万華鏡みたいなものかな。今、俺達はその中にいるってわけ。ただ、実際に設営しようとすると、大変なんだ。鏡と水槽の配置、鏡の角度の調整。明かりの調整もいる。試行錯誤ばっかり。で、時間が足りなくなって、扉まで手が回らなくなった。暗幕は窮余の一策だよ」

「じゃあ、駆けずり回ってたのは、そういった調整で？」

「ああ。俺達が作った図面には、いろんな問題点があってな。ウェストアクアの技術者にいろいろと指摘された。条件がうまく整わないと、『クラゲに包まれてる』なんて感じにはならないからな。で、ミニチュアを作って、何度も設計を確かめた。修太は目の下に隈《くま》ができてたな」

その言葉に、ミユちゃんが「あ」と言った。

「だから、パパ、夜中に起きてたんだ」

「そうだよぉ」

薄闇の奥で再び懐中電灯が揺れる。

今度は修太さんだった。手にガラスの小ビンを持っている。

「もっとも、梶に手伝ってもらえなければ、どうなってたか分かんないけどね。でも、なんとか、プレ・オープンにこぎ着けた。二人一緒になって、こんなに根《こん》を詰めたのって、新人の時以来かな」

「だな」

先輩が照れくさそうにしている。二人の新人時代、想像もできない。

「でもね」

修太さんは小ビンを掲げた。

「僕の個人的なお気に入りは、こっちの方なんだよ。まあ、見てみて」

修太さんは小ビンを懐中電灯で照らした。

ミユちゃんと一緒に、小ビンに顔を寄せてみる。何やら小さなものが漂っていた。

体長は六、七ミリ。これもクラゲか。手のひらのような形で、開いたり閉じたり。どことなくながら、これまで見てきたクラゲとは、印象が違っている。

「手のひらクラゲ？　なにやら、グーパーしてるんですが」

「情緒ないねえ。『手のひら』じゃなくて、『花びら』って言ってよ。それに、グーパーなんて、言わないで。これも立派な拍動」

「拍動？　でも、他のクラゲと違って、優雅って感じじゃないですよね。なんだか、一所懸命って感じ」

「そう。小さくても、がんばってるの。ひかれるでしょ。これはね、ミズクラゲのエフィラ」

「エフィラ？」

その言葉、どこかで耳にしたことはある。しかし、何であったかは、思い出せない。

傍らでミユちゃんが言った。

「お姉ちゃん、エフィラってね、クラゲの子供のこと。赤ちゃんクラゲのポリプが変化していって、エフィラになって、海へと漂いだすの。大人のクラゲになる前の段階。でも、もう大人みたいに動いちゃう」

「ミユに教えてもらって、どうすんだ」

先輩が突っ込んできた。まったくその通り。返せる言葉が無い。

修太さんが笑った。

「見ての通り、エフィラって、姿も動きも大人のクラゲに近いんだよ。でも、水槽環境は大人のクラゲほど、うるさくない。だからさ、希望者にエフィラを一週間ほど託そうかなと思って」

「託す？」

「家に持ち帰ってもらってさ、『クラゲを育てる』ってどういうことか、体験してもらおうかなって。じっくり観察してもらって、一週間後くらいにアクアパークに戻してもらう体験プログラム。クラゲってさ、近いようで、遠い存在でしょ。こうすれば、生態を肌で感じてもらえるんじゃないかな」

話の間も、エフィラは懸命にグーパーしている。

どれだけ希望者が出てくるかは分からない。が、好奇心をそそりそうだ。自分も、一度、チャレンジしたくなってきた。

「それと、やっぱり、最強の赤ちゃん、ポリプかな。これを見てもらわないと、始まらない」

修太さんは振り返って、薄闇の奥を指さした。

「プレ・オープンには間に合わなかったんだけど……展示エリアを出たところに、石鉢を置こうと思ってるんだよ。臨海公園の日本庭園に、茶室があるでしょ。そこから借りてくるの。今晩、設置の予定なんだけど」

「あの、どうして、そんなものを？」

「キッチン容器類は手軽なんだけどさ、素っ気なさすぎるんだよ。どうにも、生き物としての実感が湧いてこない。で、試しにさ、小さな石鉢に移してみたんだよ。これが、案外、良くてねえ。風流な雰囲気まで漂い出すし」

想像してみた。

頭の中で、風鈴が鳴る。チリリン。苔《こけ》むした日本庭園の石鉢に、水滴が滴った。ポチャン。鉢の中には海水。その底でミニイソギンチャク姿が揺れている。

「あのう、風流というより……相当、シュールですよね」

「でもないよ。鉢の素材は石なんだから。本来の姿にずっと近いよね。本当はさ、ガラスやプラスチックに付着してる方がシュールな光景なの」

それもそうだ。

「で、石鉢の上に大きな虫眼鏡を置くつもり。ポリプって一ミリぐらいだからさ、拡大しないと観察できないもの。この光景はシュールかもね。茶室の石鉢なんだから。普通、木製のひしゃくを置くよね」

ごもっとも。納得して、うなずく。

ミユちゃんが、突然、叫んだ。

「すごいっ」

傍らに目をやると、ミユちゃんは目を輝かせていた。修太さんのことを見直したに違いない。子供は正直。思ったことを口にする。きっと、パパへの敬意が、口からあふれ出てくるはず……。

「すごいんだ、クラゲって」

あ、そっち。

笑いが漏れ出てきた。いかにもミユちゃんらしい。が、その「らしさ」は、時折、思いもせぬ方向へと進展することがある。「テーマはパパ」発言も、そうだった。そして、今、この瞬間もまた……。

「決めたっ」

ミユちゃんは大声で宣言した。

「パパがやったなら、ミユもやる」

「え？」「え？」「え？」

「ミユもクラゲを育てるの。自由研究のテーマは変更。これしかないっ」

三人で顔を見合わせる。

修太さんは目を泳がせ、顔をそらした――あ、逃げた。先輩は鼻の頭をかき、薄闇へと向いた――あ、先輩も逃げた。そして、自分は……逃げ遅れた。

ミユちゃんに腕をつかまれる。

「お姉ちゃん、手伝って」

ああ。天井を仰ぎ見た。

ミズクラゲ、ギヤマンクラゲ、タコクラゲ……様々なクラゲ達が、それぞれのリズムで揺れている。どのクラゲも誘っていた。頭上で漂いながら。

——楽しいよ。やってみれば？

「どうしましょ」

一難去って、また一難。由香は黙って目をつむった。

第二フォト　クラゲのしずく

1

平日の気怠《けだる》い昼下がり、臨海公園のカフェテリアは人気《ひとけ》もまばら。そんな店内の窓際に、修太さんとミユちゃんが向かい合って座っている。そして、修太さんの隣には先輩。ミユちゃんの隣には自分。

修太さんが怪訝そうに言った。

「なんで、由香ちゃんと梶、ここにいんの？」

「そ、それがですね」

由香はしどろもどろになりつつ答えた。

「不思議なことに……たまたまなんですよ。いや、ほんと。ね、先輩」

「そう、そう。たまたまなんだよ。いやあ、偶然って、おそろしいな」

　むろん、そんなことあるわけがない。

　ミユちゃんに頼まれたのだ。「パパとの話し合いに同席してほしい」と。「梶お兄ちゃんと由香お姉ちゃんのペアは最高」と評してもらった以上、むげに断るわけにもいかない。だが、親子の話し合いに、真正面から割って入るのもまずい。そこで「たまたま」を装い、この場に来ることになった。むろん、見え見えであることに変わりはないのだが。

「偶然ねえ」

　修太さんはため息をつく。ミユちゃんの方へと目を戻し、本題を再開した。

「まあ、ミユが考えたものをやればいいんだよ。『夏休みの自由研究』なんだから。でも、他にもいろいろあると思うんだよね。なにも、クラゲなんて難しいこと、やらなくてもねえ」

「パパだってやったでしょ。ミユもやる」

「パパはお仕事なの。ミユは違うでしょ」

「ママがいつも言ってるよ。ミユが学校に行くのは、パパが仕事に行くようなものだって」

　さすが、ミユちゃんだ。弁が立つ。自分達はその応援をしなくてはならない。先輩に目配せした。二人して、しきりに、うなずいてみせる。

修太さんが自分達を交互に見た。

「二人とも、なに、うなずいてんの」

「いや、うなずいてるわけではなく……首の運動です。首を縦に振る運動」

「そう、そう。最近、肩こりがひどくてな」

修太さんは、また、ため息をついた。頭をかきつつ、目をミユちゃんの方へ。「担任の先生がさ」と言った。

「言ってたよね。『研究である必要はありません』って。それに、こんなふうにも言ってた。『二ヵ月くらいをめどにして、何でもいいからチャレンジ。それがテーマの条件です』って。ミユもさ、何かにチャレンジすれば？」

「そうしようとしてる。クラゲにチャレンジ」

「もっと小学生らしいテーマがあると思うんだよね。たとえば、お隣のチカコちゃん。ピアノの練習でしょ。夏休みの終わりに、家族でセッション。そういうの、やれば？ほのぼのしてて、いいと思うけどねえ」

「そんなの、無理。パパもママも楽器できないし、ミユはハーモニカだけ」

「じゃあさ、由香お姉ちゃんに、歌ってもらえば？」

まさか、いきなり振られるとは。

慌てて居住まいを正した。喉元を触ってみる。試しに、今、ちょっとだけ歌ってみせるか。しかし、ミユちゃんは自分の方を一瞥《いちべつ》。即座に「無理」と言った。

「お姉ちゃんの音程には、合わせられない」

仰せの通り。

胸を撫《な》で下ろした。が、思いは複雑。

「じゃあ、スポーツ系のテーマは？　向かいのリョータくんは『曲がらないカーブの投げ方』だったよね。裏手のシュウスケくんは『ジャンピングレシーブの開発』でしょ。そういうの、やれば？　さわやかで、いいと思うけどねえ」

「だめ。スポーツ系テーマの子、無茶苦茶、多いんだもの」

「じゃあさ、昔ながらの王道にしようよ。バス停前のコウタくんは『カブトムシの観察』でしょ。そういう小学生らしいものがいいと思うんだよね」

「だめ。皆がやることは、やらない」

ミユちゃんは言い切った。

「誰にもできないことをやるの。だって、自由研究で一番になると、クレープとたい焼きが食べ放題なんだよ。先生の個人的トクベツサービスなんだって。約束してくれた。ヘソクリっていう名前のお金があるからって」

修太さんは、また頭をかく。「もう、仕方ないなあ」と言った。

「じゃあ、プレ・オープンの時に見せたエフィラにすれば？　あの小ビン、まだバックヤードに余ってるから。それなら、明日からやれるしねえ」

「だめ。大人のクラゲがやりたい」

「じゃあ、サカサクラゲにすれば? それなら、家にある水槽でも、なんとかなるし。楽でいいよねえ。水槽の底に沈んでるから」

「だめ。楽はしない。やっぱり、漂ってるクラゲがいい。いかにもクラゲって感じでないと。そうでないと、クラスの皆に分かってもらえない」

先輩が軽くうなった。「となると、ミズクラゲか」とつぶやく。この言葉にミユちゃんは即座に反応。テーブルを叩き「そう、それ」と言った。

「ミズクラゲ。大人のミズクラゲで一番になりたい」

そう言うと、こちらへと向き、すがるような目をした。この目には弱いのだ。仕方ない。少しは応援団の役割を果たさなくてはならない。

「あのう」

由香は修太を見やった。

「ミズクラゲを育てるのって、難しいんですか」

「育てること自体は、別に難しくないよ。でも、条件あり。水槽環境を整えて、きちんと維持できること。これが面倒なんだよ。由香ちゃんも体験したでしょ。水族館のスタッフがさ、仕事としてやるならともかく、一般の人がやるとなるとねえ」

「パパ、それ。イッパンの人ってやつ」
　そう言うと、いきなりミユちゃんは背筋を伸ばした。そして、おもむろに咳払《せき》い。
大人のような口調で「そもそも」と言った。
「これはミユとパパだけの問題ではありません。アクアパーク全体の問題でもありま
す。そのことをキモにメイじなくてはなりません」
　思いもしない言葉だった。三人で顔を見合わせる。そして、そろってミユちゃんを
見つめた。同じ言葉が出てくる。
「どうして？」「どうして？」「どうして？」
「どうやって、クラゲの生態を分かってもらうか。それはアクアパークの問題であり、
『もう一歩プロジェクト』のテーマでもあったはずです。でも、クラゲは難しい。さ
て、どう、やればいいのか」
　ミユちゃんはテーブルを二度叩き、リズムを取った。
「相手がイッパンの人となると、ますます難しい。どこまでやれるのか、よく分から
ない。では、相手をゲンテイして、シケン的にやってみては、どうでしょうか。その
ために」
　ミユちゃんは言葉を区切り、手をポケットへとやった。何やら取り出して、テーブ
ルへと置く。顔写真付きのカード。キッズモニターの登録証だ。

「モニター制度があるのです。キッズモニター会員のミユができることは、たぶん、他の人もできるのでしょう。この経験をもとに、イッパンの人向け学習プログラムを作ればいいのです。そのために、ミユは喜んでジッケン台になりましょう。以上、ごセイチョウありがとうございました」

ミユちゃんは「えへん、えへん」と付け加え、大仰に咳払いする。

自分は目を丸くした。説得力抜群ではないか。もう自分の代わりに、ミユちゃんがアクアパークで働いた方がいいのではないか。先輩も目を丸くしていた。

二人そろって、拍手する。

「ミユちゃん、すごいねえ。内海館長みたい」

「完璧だ。異議を挟みようがない。決まったな、修太」

「僕はいいんだけどねえ」

修太さんは胸元へと手をやった。携帯を取り出して、何やら画面を操作する。画面を見つめたまま「二人ともさ」と言った。

「もう一歩プロジェクトの担当表、覚えてる?」

唐突すぎて、趣旨が分からない。怪訝な顔をしていると、修太さんは携帯をテーブルへと置いた。メモアプリを開く。

『社会教育活動担当　梶良平』

先輩の口から「あっ」と声が漏れ出た。

すかさず先輩の背を叩く。

「良かったですねえ、先輩。がんばって」

その時、なぜか、修太さんが憐《あわ》れむような目をした。「いいのかな」とつぶやき、メモ画面をスクロールする。

『学習プログラム担当　嶋由香』

思わず口から「あっ」と声が漏れ出た。

すかさず先輩が自分の背を叩く。

「良かったな。がんばってくれ」

だが、修太さんは容赦ない。即座に「この件は両方だよねえ」と言い切った。そして、目を細め、自分達を交互に見る。

「社会教育でもあるし、学習プログラムでもあるし。よろしくね、二人とも。僕にできそうなことがあったら、遠慮せずに言ってよ。できる限り、手伝うようにするからさ」

なんてことか。適当に相づちを打ち、ミユちゃんを応援――そのくらいの軽い気持ちで、ここに来たのだ。だが、主客転倒《しゅかくてんとう》。まさか、当事者になってしまうとは。

「取りあえず……チーフに相談してみましょうか、先輩」

「そうだな。夏の人繰りもあるし、そこからかな」

当然、ミユちゃんはニコニコ顔。なぜか、修太さんもニコニコ顔。先輩と二人、下を向く。そして、同時にため息をついた。

2

「クラゲの仕事を続けたい？　本気かよ、お姉ちゃん」

小会議室でチーフと差し向かい。部屋には自分達しかいない。黙ってうなずくと、チーフは怪訝そうな表情を浮かべる。「こりゃまた」と言った。

「思いもしねえことを言い出したな。いってえ、どういう風の吹き回しなんでえ。何かあったか」

チーフが怪訝に思うのも無理はない。今は水族館一番の繁忙期、夏休みなのだ。誰もが今ある仕事で手一杯。わざわざ、そんな時に言い出したのだから。

「実は、その」

由香はカフェテリアでの話し合いについて報告した。

クラゲの生態をどう理解してもらうかは、アクアパーク全体の問題であること。その学習プログラムは、『もう一歩プロジェクト』のテーマでもあること。その一助として、キッズモニターのミユちゃんが名乗り出てくれたこと。更には『クラゲを育てる』という案まで出してくれたこと――説明の都合上、多少、順序に相違はあるが、筋は違《たが》えていない。話し終えて、チーフの返答を待つ。

「なるほどな。趣旨は分からねえでもねえが」

チーフは腕を組み、考え込み始めた。

相談してみたものの、却下されても、やむをえない。いや、率直に言って、その方が自分は助かるのだ。チーフ、お願いですから、却下してくださ……。

「構わねえぜ。やってみな」

「いや、いや、いや。チーフ、もっと厳しく言っていただいた方が。今は夏休みですから。とっても忙しい夏休み」

「クラゲの企画展用のシフトをよ、もうちょい続けりゃあ、何とかなんだろ。それに、せっかく、おめえがやる気になってんだ。『やめとけ』とは言えねえやな」

そう言われると、何も言えない。

「だがよ、結構、やっかいな話だと思うぜ。一般の人向けのクラゲ水槽を用意するところから始めなくちゃなんねえ。そのこと、分かったうえで、言ってんだな」

「分かって言ってる……つもりです」

「なら、いいや。まあ、どうなるかは分からねえけどよ、やってみる価値はあんだろ。

なんてったって、今や、クラゲはインテリアだからな」

似たような言葉を、どこかで聞いたような気がする。だが、よくは覚えていない。となれば、チーフの言葉の意味も分かるわけがない。

取りあえず、黙って怪訝な顔を返した。

チーフは肩をすくめて、手を胸元へとやる。携帯を取り出した。そして、何やら検索する。「この辺りかな」とつぶやき、携帯をテーブルへと置いた。

「見てみな」

携帯画面をのぞき込んだ。

どこかのショッピングサイトだろうか。小さな画面に、オシャレなインテリア照明が映っている。環状の七色ライト。このオシャレ度は、チーフに似合わない。

「なんでえ。妙なツラしてんな」

「いや、その、チーフもオシャレだなと」

「そんなこと言ってもらうために、見せてんじゃねえや。そもそも、こりゃあ、『オシャレなインテリア家具』じゃねえぜ。クラゲ水槽よ。愛好者向けのな。当然、かなり、値が張る」

「クラゲ水槽？　愛好者向けってことは、家に置く水槽ってことですよね。あの、どこに置くんですか」

「俺に聞かれてもな。分からねえや。ただ、このサイトの写真を見るとよ、ベッドルームの壁際に置いてら。常夜灯代わりってところなんだろ」

「ベッドルーム……」

確かに、クラゲには癒やしの要素がある。しかし……クラゲルームでの作業を思い浮かべた。あの作業は寝室での作業ではないだろう。あまりのギャップに頭がクラクラしそうだ。

チーフは笑った。

「まあ、分かりやすい例を挙げてみたまでのことよ。愛好者であろうが、なかろうが、クラゲのイメージは大差ねえ。生けるインテリア。そうでなければ、毒を持った恐ろしい生き物。極端から極端、真ん中がねえ。そんなもんで、いくらクラゲブームになっても、生きモンとしての姿は見えてこねえ。残念ながら、これが実情よ」

思い出した。

修太さんが似たようなことを言っていたのだ。水族館のクラゲ担当者は、時折、自嘲して嘆く。俺達はインテリアデザイナーなんだよ、と。

「おめえ達が考える学習プログラムを通じて、生きモンとしてのクラゲが見えてくればいいんだがな。まあ、結果がどうであれ、検討してみる価値はあんだろ。ただし、だ。言うは易く行うは難し、よ。どっから手をつける？」

チーフは自分の方を見る。視線が真正面から向かってきた。

「この件のポイントは何か？　『一般の人でもできる』ってところよ。そうなると、悩ましいことだらけだと思うんだがな」

「それが、その」

「何も考えてませんってか」

ごまかしても仕方ない。黙って、うなずく。

チーフは「どうすっかな」とつぶやいた。そして、腕を組む。今度は天井を見上げて、何やら考え始めた。が、ほどなく「あれがあるか」とつぶやく。姿勢を戻し、懐古調で語り始めた。

「かなり前の話……ちょうど水族館で『クラゲブーム』とか言われ始めた頃だったかな。業者の親父がよ、飛び込み営業でやって来た。たまたま俺が応対したんだが」

「あの、何の売り込み？」

「その親父、一般向けに『クラゲを育ててみようキット』を作ったって言うんだ。使ってみて、良さそうなら、売店に置いてくれないか、ともな。で、三週間程したら、感想を聞きにまた来ますと言って、帰っていったんだが」

興味深い話ではないか。

思わずテーブルに手をつく。身を乗り出した。

「三週間後、結果が出たんですよね。どうなったんですか」

「三週間後どころか、その三日後のことよ。その親父、夜逃げしちまった。伝え聞いた話によると、ずっと販売不振が続いてたらしくてな。クラゲの飼育キットで一発逆転っちゅう腹づもりだったらしい」

　乗り出した身から力が抜けていく。

　しかし、チーフの話は終わらない。

「ただ、その時、置いていった試作品は捨ててねえと思うんだよ。たぶん、段ボールに戻して、倉庫のどっかに放置してあるんじゃねえか。なにぶん昔のことだから、どんなブツだったのかは、俺も覚えてねえんだ。けどよ、『うめえこと考えたもんだな』と思ったことは記憶に残ってる」

「じゃあ、すぐに見てみます。その試作品、倉庫のどの辺りに？」

「それが分からねえんだよ。処分しちまってる可能性もある。まあ、修太にきいてみな。何か覚えてっかもしんねえから。それでダメなら総務係。帳簿に記録が残ってっかもしんねえから。それでもダメなら、倉庫を家探《やさが》し。見つからなければ、それまで。まあ、探してみてもいいと思うがな」

　ありがたい。どこから手を付けるべきか見当もつかず、途方に暮れているところだったのだ。取りあえず、チーフに向かって軽く一礼。

チーフは笑った。

「見つかったとしてもよ、単なる取っ掛かりだぜ。使えるかどうかも分からねえ。使えるとしてもよ、いろいろと問題が出てくると思うがな。クラゲは、身近に接してみると、奥が深いんだよ。もう哲学的と言ってもいいくらいなんだ」

「哲学的？」

「今のおめえに説明しても、分からねえだろ。まあ、ともかくやってみな。いろいろ感じるものが出てくっから」

チーフの言葉の意味は分からない。だが、やるしかない。

手を膝の上へ。由香は背を伸ばし、改めて一礼した。

3

重い物を運んでいると、なぜか、いつも声が出る。

「うんしょ」

由香は段ボール箱を抱えて、階段を上がっていた。階段を上がりきって、うんしょ。廊下を進み、控室前にて、うんしょ。

「由香お姉ちゃん、ちょっと待ってて。今、ドアを開けるから」

背後からミユちゃんが飛び出した。そして、ドアノブへ。自分は軽く一礼して、部屋の中へ。うんしょ、うんしょ。作業テーブルの上へと段ボール箱を置いた。

汗を拭って、一息つく。

ミユちゃんが嬉しそうに段ボール箱を叩いた。

「これだよね、これ。岩田チーフが言ってたやつ」

探索にとりかかったのは、昨日のこと。取りあえず、修太さんに『クラゲを育ててみようキット』について尋ねてみた。全く記憶に無いとの由。次いで、総務係に尋ねてみた。全く記録に無いとの由。

こうなれば、自分で家探しするしかない。今日の朝一番、総務係から鍵を借り出した。そして、足を倉庫へ。すると、扉近くに、この段ボール箱が置いてあったのだ。

箱の上には貼り紙がしてある。先輩の字で、こう書いてあった。

『たぶん、これのことだと思う。しばらく、俺は海遊ミュージアムで仕事。運営基準作りをしながら、社会教育活動について尋ねてみる。あとは、よろしく』

早速、ミユちゃんへと連絡を入れる。その到着を待ち、倉庫から段ボール箱を持ち出した。そして、二人してイルカ館控室へ。この時間帯なら、誰もいない。ゆっくりと作業できる。かくして、今、箱を目の前にして、一息ついているわけだが……。

「お姉ちゃん、早く、早く」

「了解」

いざ、開封。

梱包テープを剝がしていった。箱の中には、おそらく、クラゲ用の水槽――丸いクライゼル水槽が入っているに違いない。蓋を開け、まずは白い梱包シートを取り除いた。更に、詰め紙と発泡スチロールを取り除く。そして、手を箱の中へ。

「あれ？」

箱の中から出てきたのは、何の変哲もない水槽だった。透明なアクリル製で、長方体。横幅、約四十センチ。水槽としては、小型の部類に入る。

「普通の水槽だよ、お姉ちゃん」

「どう見ても、そうだよねえ」

取りあえず、箱の中の物を全部、取り出してみることにした。

まずは小物類から。ピペットが出てきた。給餌に使えという趣旨なのだろう。次いで、留め具らしき物が出てきた。更には、角形のスティック。そして、取っ手付きの小箱。ピペット以外は趣旨不明と言うしかない。はたして、何に使うのか。分からない。

首をかしげつつ、再び手を箱の中へ。水槽以外の大きな機材を取り出していった。まずは巻いた細めの透明ホース。水槽回りではよく見かける物だ。珍しい物ではない。

使い道はあとで考えよう。

またまた、手を箱の中へとやる。お次はフニャフニャの柔らかい板。透明でやたらと長い。これでは、水槽に入りきらない。とすれば、水槽の敷板か。よく見れば、全面に小穴が開いていた。水切りのために違いない。

ホースと敷板を脇へと置いた。箱の中をのぞき込む。

箱の底にはエアクッションの包みがあった。どうやら、これが最後の一品らしい。包みを手に取り、解いてみた。中から出てきたのは、黒い小さな機械。むろん、何に使うのかは分からない。

「お姉ちゃん、説明書、無いの」

「見当たらないんだよねえ」

念のため、もう一度、段ボール箱の中をのぞいてみた。しかし、もう空になっている。説明書らしきものは見当たらない。元々、試作品のため添付していないのか、保管の間に紛失したのか。どちらなのかは分からない。

まるで、組み立てパズルではないか。

「お姉ちゃん、いろいろやってみようよ」

「それしか、方法は無いよねえ」

ミユちゃんと二人、あれこれやってみた。

まずは謎のスティックから。棒である以上、どこかに差し込むのではあるまいか。だが、水槽にそれらしき穴は無い。では、敷板の小穴に差し込むのか。だが、敷板の穴は丸形で、スティックは角形だ。合うわけがない。

思い切った発想転換がいるのかもしれない。

小箱を手に取った。

取っ手らしき物が付いている。それ以外は、ただの小箱……と見せかけて、実は「こっちがクラゲ水槽なんだ」ってことはないか。いや、さすがに、それは無理だろう。ポリプやエフィラなら大丈夫かもしれないが、大人のクラゲは入らない。

もっと大胆に発想を転換させねば。

敷板を手に取った。

思い切って、水槽内に敷板を入れてみるなんてどうか。だが、長すぎる。両端が水槽の外に出てしまう。ため息をついて敷板を置いた。ホースを手に取る。これは本当にホースか。そう見せかけて、本当はただの紐なんてことはないか。

あれこれ、あれこれ……悪戦苦闘しているうちに、段々、面倒くさくなってきた。

ミユちゃんも飽きてしまったらしい、テーブルでお絵かきしている。自分は頬杖《ほおづえ》をつき、敷板をウチワにして扇《あお》ぎ始めた。

もしかして、業者の親父、不用物をアクアパークに押しつけたのではあるまいか。

そして、トンズラ。そう考えれば辻褄《つじつま》は合う。顔をしかめて、扇ぐスピードを加速した。敷板はクニャクニャと変な音を立てる。何だ、このウチワは。おっと、ウチワでなくて敷板か。いずれにしても、長すぎる。いっそ切ってしまうか。

「分かったよ」

ミユちゃんがいきなり声を上げた。

「やっぱり、そのアクリル板がポイントなんだ。絶対にそう」

ミユちゃんの手元には水槽の絵。いろんな矢印が書き込んである。どうやら、ただのお絵かきではなく、絵を描いて、クラゲ水槽にする方法を考えていたらしい。ミユちゃんは偉い。

「そのアクリル板、無理やり丸めるの。水槽へはめ込むんだよ」

「それ、さっき、やってみたよ。入りきらないけど」

「いいの、いいの。もう一回、やってみて」

怪訝に思いつつ、言われた通りに、やってみた。結果は変わらない。奥行きは合うのだが、縦が長すぎる。どうしても、両端が水槽の上へはみ出てしまうのだ。

「はみ出た部分を、真ん中へ寄せていって。ええっと、茶巾寿司みたいに。そう、そう。そこでストップ。スティックと留め具を使って、その位置で固定するの。そうしたら……何かに似てない？」

アクリル板を固定して、水槽全体を眺めた。四角い水槽の中には、丸まったアクリル板。ほぼ筒状になっている。なるほど。クラゲルームにあるクライゼル水槽っぽいではないか。

「じゃあ、この小箱は？」

「よく分かんない。でも、それ、取っ手があって、水槽の縁に掛けられるから」

ミユちゃんは小箱を水槽に掛けた。

「ここにブラインシュリンプを入れとくんじゃないかな。そうすれは、ブラインシュリンプ用の容器を、別に用意しなくてすむでしょ」

「ミユちゃん、すごい」

目を見開いた。謎めいたパズルが解けかけている。

「残るは、あと二つ。ホースと機械。どうする？」

「ホースは、たぶん、機械にくっつけるの。機械を水槽の横に置くとすると、ちょうどいい長さだもの」

理解できない。瞬きして、ミユちゃんを見つめた。

ミユちゃんは笑って、腕を水槽内へ。「クラゲだもん」と言い、水槽内で手を一回《ひとまわ》しする。自分の方を見た。

「水槽の中の水、回さなくっちゃ」

そして、視線を戻し、指先をアクリル板の中程へ。

「ホースをね、この辺りに差し込むの。で、泡をブクブク。そうやれば、泡の勢いで、水が回るんじゃないかな。ゆっくりりだけど。でも、クラゲにはちょうどいいと思う」

「あ」

確か、修太さんが言っていた――クラゲを育てる最重要ポイントは決まってる。

『どうやって、うまく水槽内の水を回すか』なんだよ。

「じゃあ、この機械は小型のエアポンプ」

「うん。たぶん、そう。電源を入れて動かしてみないと、分からないけど。でも、そうなってくると」

ミユちゃんは目を落とした。絵を見つめながら、頭をかく。

「どうして、板全面に小穴なんだろ。ホースを差し込むだけなら、一箇所でいいのに。よく分かんない……けど、たぶん……別売りで、何かあるような気がする」

「何かって？」

「濾過用の石とか。四角い水槽と丸めたアクリル板との間にすきまが出来るでしょ。そこに入れるの」

なるほど。

「それにね、濾過フィルターを追加したい人だっていると思う。そんな人達のために、板全面に小穴。水が行き来できなきゃ意味ないもの。合ってるかどうか分かんないけど……そう考えないと、ツジツマがあわない」

さすが、修太さんの娘さんだ。水槽については、自分などより、ずっと詳しい。だが、このままでは立つ瀬が無い。少しぐらい役に立たねば。

由香は勢いよく立ち上がった。

「ミユちゃん、ちょっと待ってて。これから、私、バックヤードに行ってくる。この水槽に移すクラゲを選ばないと。ああ、それと、海水も持ってこないと」

「海水を運ぶなら、水槽のサイズ、計っていった方がいいよ。そうでないと、どれだけ運んだらいいか分かんないもの」

「そ、そうだよね」

もう、しどろもどろ。

取りあえず、水槽サイズを計るため、作業テーブルを片付けなくては。まずは梱包材を脇へとやった。発泡スチロールも、詰め紙も。そして、白い梱包シートも……。

あれ？

梱包シートの間から、何かが落ちた。

『クラゲ観察水槽の組み立て方』

手に取って、広げてみる。ミユちゃんが言った通りのことが書いてあった。組み立て方はもちろん、機材の使い方まで。更には、水槽の寸法も、その容量も。おまけに、別売り用品の購入申込書まで付いている。

ミユちゃんがおかしそうに言った。

「説明書、あったんだね」

「そのよう……です」

この段ボール箱は、その昔、誰かが開けている。試作品を詰め戻す際、いい加減に詰め込んだに違いない。その際に、説明書は梱包シートの間へ。だが、そんなことは、言い訳にならないわけで……。

何やってんの、私。

もう顔は真っ赤。しかし、まだまだスタート地点に立ったばかりなのだ。本番はこれから。少しくらいは頼れるところを見せなくてはならない。

「取りあえず……バックヤードに行ってくる」

「待って。ミユも行く。海水を運ぶとなると、台車を使わなきゃ。なら、誰かが付き添ってた方がいいと思うの。それに、ミユはモニター会員。スタッフの誰かと一緒にいなくちゃだめなんでしょ」

「そ、そうだよね」

真っ赤な顔で、うなずく。

説明書を胸元へ。由香はミユと一緒に控室を出た。

※　　※

控室に海水を持ち込むのは、初めてかもしれない。

由香はひしゃくを手に取った。ひしゃくはバックヤードで使っている大型のもの。そして、台車の上には、幾つものバケツ。その中で海水が揺らめいている。

「まずは、海水を移すね。ミユちゃん、観察水槽を見てて」

「分かった。真横から見てるね」

ひしゃくでバケツの海水をくみ上げた。そして、テーブル上の観察水槽へと移していく。むろん、こぼさないように細心の注意を払いつつ。ひしゃくが空になれば、再びバケツへと戻し、海水をくみ上げた。その繰り返し。

「お姉ちゃん、ストップ」

ミユちゃんが観察水槽に顔を近づけた。

「いい感じ。このくらいで、いいんじゃないかな」

ひしゃくをバケツの上に置き、自分も観察水槽の真横へ。

ミユちゃんの横で腰をかがめた。四角い水槽内には筒状になったアクリル板。海水をそそぐ前、その中程にホースを差し込んだ。むろん、そのホースはエアポンプにつなげてある。準備完了だ。

「じゃあ、いくよ」

かがんだ姿勢のまま、手をエアポンプへとやった。スイッチを入れる。ホースの先端から泡が出てきた。ポコ……ポコ……ポコ。

「ミユちゃん、水槽の水、回ってると思う？」

「正直言って、よく分かんない。透明だから」

ごもっとも。だが、説明書を読む限り、間違ってはいないはず。腰を戻して、再び台車へ。ひしゃくを手に取った。

「では、クラゲのお引っ越し」

展示水槽から、小ぶりで、ゆったりとした動きのクラゲを、二体、連れてきた。もちろん、ミズクラゲ。傘の直径はどちらも十センチくらいだろうか。大きく育ってくれば、また、展示水槽に戻せばいい。

ひしゃくをバケツの中へ。

海水ごと、クラゲをくみ上げた。そして、観察水槽の真上へ。ひしゃくを水に浸し、ゆっくりと傾けていく。ミズクラゲは水槽へと移っていった。では、もう一体。海水ごとクラゲをくみ上げて、観察水槽へ。

これでよし。

姿勢を戻して、額の汗を拭った。このあとは、今一度、観察水槽の稼働を確認せねばならない。問題が無ければ、残った海水をバックヤードへ。まあ、ここまで来れば、もう大した問題は起こらないはずで……。

「ああっ」

ミユちゃんが叫んだ。

「お姉ちゃん、クラゲが沈んでいく」

慌てて、目を観察水槽へ。確かに、クラゲは水底に沈んでいっている。漂う気配すら無い。ひしゃくを置いて、胸元から説明書を取り出した。

『泡の勢いを、よく調整して下さい』

――いい感じで水を回し続けるのって、結構、面倒なんだよ。

「修太さんが言ってたの、こういうことなんだ」

再び、観察水槽の真横でかがみ込んだ。手をエアポンプへとやる。

調整用のつまみをひねり、強めにしてみた。ホースの先端から泡が勢いよく出ていく。ポコ、ポコ、ポコ。その勢いで水が回り始めたらしい。クラゲ達はゆっくりと浮上し、漂い始めた。水槽内を周回していく。そして、再び泡の辺りへ。

「ああっ」

また、ミユちゃんが叫んだ。

「お姉ちゃん、クラゲの傘に泡が」

慌てて、泡の勢いを弱めた。勢いの加減が難しい。

しばらく、水槽の様子を観察してみた。どうも、おかしい。今度は沈むことなく、浮いたままになっているのだ。どうやら、傘に入った泡のせいで、沈めないらしい。

これはまずい。

背に汗が滲んできた。このままでは弱ってしまう。なんとかして、傘の中から泡を出さなくはならない。ひしゃくを水槽内に入れ、周りの水ごと揺すってみた。だが、泡は動くだけで、出てこない。どうすればいい……そうだ。

再び説明書を取り出した。ここには何と書いてある？

『泡が入らないように気をつけて下さい』

もう、遅い。

「あ、泡が出てきた」

傍らでミユちゃんがつぶやく。背の汗が滴った。傘に穴が空いたのか。もっと、まずいことになった。慌てて、腰をかがめ直し、観察水槽を見つめる。

「ねえ。泡って、どっから出てきた？」

「傘の端から。ちょうど、傾いてたから」

どうやら、うまい具合に傾き、泡が出てきたらしい。

胸をなで下ろしつつ、クラゲ達を観察した。うまく水流に乗れているようだ。拍動のリズムも悪くない。展示水槽の時と同様、元気そうに見える。だが、室内照明だけだと、確認しにくい。

水槽用ライトの出番が来た。

これに関しては、既に準備を整えてある。腰を戻して、書類キャビネットへと寄った。その上へ手を伸し、水槽用ミニライトを手に取る。昨日、倉庫から持ち出してきたのだ。このサイズなら、観察水槽にピッタリのように思える。

「このミニライト、取り付けてみるね」

ミニライトを水槽の上部へ。水槽に固定していった。ライトの取り付けぐらいは問題はない。一連の作業を終えて、電源へとつないだ。そして、スイッチをオン。

ふわり、ゆらり。

ライトの明かりを受け、ミズクラゲが浮かび上がった。もう展示水槽の光景と何ら変わらない。だが、元気であることを確認するためにも、見てみたい光景がある。四つ葉模様を持つミズクラゲとなれば、なおさらと言っていい。

「ミユちゃん、ブラインシュリンプ、与えてみようか」

「ここにあるの、お姉ちゃん」

「あるよ。実は隠してある」

もう秘密基地遊びの気分だ。心は子供に戻っている。

足を再び書類キャビネットへ。引き出しから隠したる小瓶を取り出した。段ボール箱を運び込む前、クラゲルームから少しだけブラインシュリンプをくすねてきたのだ。観察水槽へと戻って、手を作業テーブルへとやる。

水槽キットの備品、ピペットを手に取った。

胸が高鳴ってならない。

深呼吸を繰り返した。なぜなんだろう。クラゲルームでは、毎日、給餌しているのに。今さら、ときめくような事柄ではない。気持ちを落ち着かせて、ピペットを小瓶へ。ブラインシュリンプを吸い上げた。それをクラゲのアシ元へ。

ふわり、ゆらり。

触手がゆらめいた。次いで、口腕も。ブラインシュリンプを絡め取っていく。

「お姉ちゃん、食べてるよ。元気そう」

「いや、まだまだ。体に取り込むまで見なきゃ」

次第に傘の縁が肌色に。更には、傘の真ん中、四つ葉模様も色づいていく。どうやら、問題なく食べられているようだ。それにしても。

不思議でならない。

この光景は、何度も、クラゲルームで見てきた。見慣れた光景と断言できる。だが、今、同じ光景を前にして、ときめきのようなドキドキが止まらない。

「お姉ちゃん、四つ葉模様が、すごくきれい」

「胃腔って言うらしいよ」

ミユちゃんと一緒に、ずっと水槽の光景を眺めていた。どのくらいの間かは分からない。数分だったような気もすれば、半時間近くだったような気もする。腰が痛くなり始めた頃、ミユちゃんが、突然、「ねえ」と言った。

「どうかな。『ふわちゃん』と『ゆらちゃん』って」

「なに、それ？」

「このクラゲ達の名前。水族館で愛称を使うことについて、いろんな意見があることは知ってる。でも、個別にお世話するんだもの。何か名前が無いと困るから」

「分かった。それでいこう。名前のことは、二人だけの秘密」

水槽へと視線を戻した。クラゲを右から指さしていく。

「ふわちゃんと、ゆらちゃん、だよね」

「お姉ちゃん、逆だよ。ふわちゃんの方が、アシが少し長いの。だから、左がふわちゃん。右がゆらちゃん」

クラゲの個体識別か。考えたこともなかった。だが、悪くない。

左のクラゲが揺れた——ボクがね、ふわちゃん。

右のクラゲも揺れた——ワタシが、ゆらちゃん。

「よろしくね。ふわちゃんとゆらちゃん」

頬が緩んでいく。

胸元で携帯が鳴った。手を胸元へとやる。取り出して、携帯画面を確認した。電話は修太さんから。慌てて、電話へと出る。

修太さんは、いきなり、用件を切り出してきた。

「梶から聞いたんだよ。例のクラゲのキット、あったんだって？　どんな感じかな。いけそう？」

いけます、と即答した。

修太さんは「良かったねえ」とひとこと。が、そのあとが続かない。取りあえず携帯をテーブルへと置き、スピーカー通話に切り替えた。そのとたん、電話の向こうで修太さんは咳払いをする。言いにくそうな口調で「実はねえ」と言った。

「ちょっと言い忘れてたことがあったんだよ。あのさ、ミズクラゲって……何て言うかな、その……あれなんだよねえ」

「あれ？」

「暑いのが苦手。適温は十五度から二十五度くらい。この時期の控室だとさ、状況次第で、水槽の水、三十度を超えちゃうよね。よくよく考えたら、今、真夏なんだよねえ」

よくよく考えなくても、真夏だっ。

声を大にして言いたい。

「あのう。この話って、もともと『夏休みの自由研究』が発端でしたよね」

「そうだ、そうだ」

自分の横で、ミユちゃんも賛同する。

修太さんは言い訳するような口調で「いや、いや」と言った。

「こういう時、水族館では、普通、水槽用クーラーを使うから。でも、今回は条件つき。『夏休み』かつ『一般の人もできる範囲』でしょ。それで、さ」

ミユちゃんと二人して、携帯に問いかけた。

「それで？」

「それで？」

「まずは、外からの熱を遮断しなくちゃね。窓外に遮光ネットを二重に張ってよ。窓には分厚いカーテン。そのくらいすれば、室温は安定するでしょ。でも、たぶん、まだ適温には届かない。水槽用クーラーは使えないから、扇風機を使ってみて」

「水槽に扇風機？」

「センプーキ?」

「正確には、『冷却ファン』って言うんだよ。水槽用の小型扇風機。水が蒸発する気化熱で冷やすってわけ。室温より三度くらい冷やせるかな。これに控室のエアコンを併用すれば、なんとかなるかも。足し水とか、塩分濃度の確認とか、面倒なことは増えちゃうけどねえ」

「そのナントカファンって、どこに?」

「そのナントカ、どこっ?」

「冷却ファンね。メインバックヤードにいくらでもあるよ。好きなの、持っていっていいから。新品がいいなら売店へ。三千円くらいかな。まあ、一般の人でも対応可能な範囲でしょ。それに、企画化する場合は、実施時期を選べばいいんだよねえ。春か秋に実施すれば、面倒な調整はいらない。そのままでも適温を保てるから」

どうやら、まだまだ、やることはあるらしい。

取りあえず礼を言って、電話を切った。ため息をついて、ミユちゃんを見やる。

「どうする?」と尋ねた。

「ナントカファン、探しに行く?」

「行く、行く。水槽作りって、苦労するのが楽しいんだから」

ミユちゃんは観察水槽へと向いた。

「ふわちゃん、ゆらちゃん。もう少し待っててね」

どんな時でも、クラゲ達は、ふわり、ゆらり。まるで、返事をするかのように揺れている。

——まあ、がんばってよ。

——がんばってねえ。

また、ため息が漏れ出てきた。

ミユちゃんもクラゲも、実にタフだ。それと比べて、自分はどうか。怠惰《たいだ》な大人とは、自分のことなのかもしれない。反省しなくては。

頭をかく。由香はテーブルの携帯を手に取った。

4

今日は久し振りにイルカプール。夏休みならではの『夕方ライブ』を担当している。

由香は観客スタンドに向かい声を張り上げた。

「水しぶきに、ご注意下さぁい」

夕方ライブの別名は、トレーニングライブ。普段スタッフとイルカだけで実施しているトレーニングを、夏休み期間中は一般来場者にも公開。その様子を観察してもらうのだ。

従って、やること自体は大差無い。だが、見ている人がいると、やはり気を遣う。説明の内容も考えねばならない。つまり、イルカにとっては普段通りであっても、スタッフはより忙しくなる。むろん、シフト勤務はあるが、それだけで全てがカバーできるわけではない。

「今日はここまで。ありがとうございましたぁ」

帽子を取って、観客スタンドに一礼した。

来場者が引き上げるのを待って、イルカ館へと駆け込んだ。廊下を走り、建物奥の関係者出入口から館外へ。メイン展示館を目指していく。メイン展示館に入っても止まらない。廊下を走った。廊下の関係者扉から出て、観覧エリアへと出る。

ようやく、正面玄関ロビーに到着した。

「ミユちゃん、ごめん。待った？」

「ううん。今、来たところ」

クラゲの観察水槽を立ち上げた日から、新しい日課が始まった。

毎夕刻、ミユちゃんを出迎え、クラゲの観察水槽が置いてあるイルカ館控室へと同行する。これはミユちゃんのためだけではない。自分の仕事――『一般向け学習プログラムの検討』のための仕事でもある。

「じゃあ、控室に行こうか」

二人で世間話をしつつ、のんびり歩いて行く。が、控室が近づいてくると、ミユちゃんはいきなり駆け出した。ドアを勢いよく開けて、部屋の中へ。観察水槽へと駆け寄る。

「今日も来たよ。ふわちゃん、ゆらちゃん」

作業自体は、クラゲルームと変わらない。水槽環境を二人でチェックし、そのあと一緒に給餌する。違ってくるのは、そのあとからだ。ミユちゃんは水槽前で自由研究ノートを開く。クレヨンを駆使して、その日のクラゲをスケッチ。そして、罫線欄に観察内容を書いていく。

その間、自分はミユちゃんの様子を観察し、気づいたことを書き留める。一般の人が何に驚き、どのような反応を見せるか――それを間近で詳細に観察できる機会など、めったにないのだ。ミユちゃんの申し出があったればこそ、と言っていい。

「今日は、ここまでにしとくね」

ミユちゃんが観察日記を閉じれば、そこで一日分は完了。二人一緒に、控室を出る。付き添って、館外へ。

「バイバイ、お姉ちゃん。また明日ね」

ミユちゃんは裏手の駐車場からバス停の方へ。その背が見えなくなったところで、身を翻した。再びメイン展示館へと飛び込む。

クラゲルームに行かなくてはならない。

息を切らせつつ、クラゲルームへと到着。間仕切り扉を開けて、小部屋へと入った。

「急がないと」

ノートを手に取り、一槽一槽、水槽の状態を目視確認していく。問題が無ければ、給餌を開始。またノートを手に、一槽一槽、クラゲに給餌していく。クラゲの生態は様々だ。ノートを見ながらやるしかない。

「単に、覚えられないだけなんだけど」

給餌を終えれば、使用した器具を洗い、元の位置へと格納する。ようやく一息ついた。いつもなら、このあと、イルカ給餌の下準備をせねばならない。が、今日はトレーニングライブ前に済ませた。つまりは、これで帰れるってことで……。

「あ、忘れてた」

今日は、空き時間に、クラゲ観察水槽の水換えをする予定だったのだ。ミユちゃんと一緒にやるつもりでいたが、すっかり忘れていた。となれば、自分一人でやるしかない。が、もうクタクタ。こんな時、自分には『奥の手』がある。

胸元から携帯を取り出し、かけてみた。

「あ、もしもし」

電話に『奥の手』が出た。

「あ、ヒョロ? 頼みたいことがあるの。悪いんだけどさ、控室の観察水槽、水換えをやっといてくんない?」

「ボク、もうバス停にいるんですぅ」

さすがに「戻ってきて」とは言えない。軽く謝って、電話を切った。もう自分でやるしかない。両太ももを拳で叩いた。ええい、動け。次いで、両頰を手のひらで叩いた。元気、出てこい。

「よし、復活」

クラゲルームから出る。由香は再び駆け出した。

5

半覚半睡《はんかくはんすい》、夢うつつ。眠い。

由香は自宅アパートにいた。

机にて、うたた寝。仕方ない。帰ってくると、いつも急に疲れが出てきて、眠気に襲われる。いつの間にやら、机にうつ伏し、ウツラウツラ。起きているのか、寝ているのか、よく分からない時間を過ごしてしまう。よだれが出ても、おかまいなし。今日も派手に出ていて……あれ？　何だろ。何か鳴ってるような。

携帯か。

うつ伏したまま、机の上を手探りした。画面を見るのも、面倒くさい。寝ぼけまなこで、携帯を耳元へ。電話へと出た。

「はぁい、もひもひ」

「なんだ、ねぼけ声だな。もう寝てたのか」

「先輩っ」

慌てて身を起こした。と同時に、一気に記憶が戻ってきた。そうだった。今日は先輩から電話がかかってくる日なのだ。机に向かって、電話が来るのを待っていた。だが、疲れのせいか、机にうつ伏してしまい……。

「寝てたのなら、そのまま寝てろ。大した用件じゃないから。じゃあな」

「ちょいと、待った」

手のひらで自分の頬を張った。先輩にも聞こえるくらいの勢いで。なんだか、最近、こんなことばかりしているような気がする。

「はい、目は覚めましたよ。もう大丈夫です。何でもどうぞ」

「何やってんだ、まったく」

先輩は笑った。

「そこまでしなくていいんだよ。ほんと、大した話じゃないから。今回の仕事はスムーズに進んでな。明日には帰ろうと思ってるんだ」

「大した話ですよ、それ」

「で、な。その時に、ミユに話をきけないかと思って」

「ミユちゃんに話？　もしかして……私の働き振りについて？」

動悸がした。ちゃんとできているかどうか、自信が無い。もっとも、ミユちゃんの前で居眠りしたことは無いのだが。

「そんなこときいて、どうすんだ。ききたいのは、今回の学習プログラムについて。この手のプログラムって、参加者側の資料はほとんど無いんだ。あっても、アンケートぐらいかな。当然、いいことしか書いてないから、あまり参考にならない。で、ミユの感想をと思ってな」

「あ、そっちの方」

胸をなで下ろした。動悸が収まってくる。

「最近、ミユは何て言ってる？　観察日記、ちゃんと書けてるか。クラゲの観察水槽の方はどうだ？　うまくいってるか」

「どちらも順調……かな。それなりには」

「それなり？」

「いや、まあ、大丈夫ですよ。たぶん」

率直に言うと……ミユちゃんも自分も、最初の頃と比べると、意気込みは薄れてきている。夏休みは、子供も大人も忙しい。やることは山ほどあるのだ。一方、水槽の光景は、いつも見ても、大差無い。いくら癒やされると言っても、飽きはくる。

「で、ミユちゃんに話をきくって、いつ？　私のスケジュールは、なんとかなると思うんですが……ミユちゃんの都合の方は、ちょっと」

「毎日、夕刻に来てるんだったよな。なら、どうだろ？　明日、少し早めに来てもらうっていうのは。午後三時すぎとか」

「時間帯は大丈夫かなと。私の都合に合わせて、夕方にしてもらってるだけですから。でも、明日が大丈夫かどうかは、ちょっと、分からなくて。ミユちゃん、最近、忙しいですから」

「忙しい？」

実のところ、ミユちゃんは、ここ数日、アクアパークに来ていない。友達との約束や子供会の行事で走り回っているとの由。そのことを伝えると、先輩は電話の向こうで、大きく息をつく。「そうか」と言った。

「おまえもミユも、熱が冷めてきた、って感じだな」

「いえ、そういうわけでは」

「おまえにとっても、ミユにとっても、クラゲの世話は本業じゃない。となると、『関心が薄れる』ことは、どうしても『世話の手数が減る』ことにつながってしまう。ちょっと、心配になってくるな」

また動悸がした。

「どうだ、ちゃんと水換えできてるか。今回は濾過フィルターを使わないんだろ。クラゲは水質に敏感だから、水はまめに換えた方がいい。できることなら、徐々にな。三分の一ずつ、三日かけてとか。どうだ、できてるか」

「そ……それなりには」

最初は、そうしていた。が、あまりにも手間がかかる。そのため、昨日は一気に全水換え。しばらく、水換えできていなかったから。やむをえない。

「水温の管理はどうだ？　今回は冷却ファンを使ってるんだろ。二十五度以下を維持できてるか」

「まあ、それは、なんとか」

「ファンは湿度で効きが変わってくるんだ。気化熱を利用してるから。それに、水が蒸発するってことは、足し水をしなくちゃならない。となれば、塩分濃度の確認も重要だ。どうだ、まめに管理できてるか」

水温は温度計を付けているから、問題ない。問題があるとすれば、塩分濃度か。設置後、一週間くらいは始終チェックしていた。今は「時々」程度になっている。だが、毎日、修太さんから聞いた方法で、足し水はしているのだ。当然、水位のチェックも。大きな問題になるとは思えない。

「まあ……それなりには、やってるかな」

「また、『それなり』か」

先輩は、また、大きく息をついた。

「いいか。おまえも、ミユも、真正面から水槽に取り組むのは初めてなんだ。初心者がよくやるミスを、お前達もしてる可能性は高い。たとえば、餌のやりすぎ。ブラインシュリンプを与えすぎてないか。与えすぎは、水質劣化につながるぞ」

「今のところは、大丈夫ですよ。元気に漂ってますから。それに……逆に、食べる量が少ないのかも。なかなか、大きくなってこないんで。むしろ、小ぶりに磨きがかかってるって感じかな」

「クラゲは二体って言ってたよな。どちらも、クラゲルームから連れてきたんだろ?」

「いいえ、展示水槽からです。小ぶりなクラゲを、二体、選んで移動。修太さんが言ってたんです。『展示水槽、混みすぎかなあ』って。『じゃあ、二体ほど控室に移動させていいですか』ってきいたら、『いいよ』って。ちゃんと了解、取り付けましたよ」

「修太の了解はいいんだけど……ちょっと気になる話だな」

先輩は電話の向こうで軽くうなった。

「まあ、いい。明日、水槽を見ながら、ゆっくり話そう。ミユの都合は、俺から修太にきいてみる。ミユが大丈夫なら、おまえも同席してくれ。やるとすると、午後三時過ぎから夕方くらいまでかな」

「あの、同席してなくちゃだめ？」

「この件は、学習プログラムの試験的実施。試しにやってみて、本格実施する場合に生じる問題点を探る——それが狙いなんだ。だから、ミユが観察日記を書き終えて、おまえの仕事も終了となる。そうだろ」

「それは、そうなんですが」

「俺は二時からチーフと打ち合わせをしてる。それが終わり次第、控室に行くから。ミユと一緒に観察水槽の作業をしながら、待っててくれ」

「了解」

用件はすんだ。あとは他愛ない世間話。だが、珍しく、話に集中できない。ほどほど話して、電話を切った。頭の中では、クラゲが漂っている。

さて、明日はどうなることか。

「先輩、こういうことになると、細かいからな」

だが、現状は何の問題も無い。

今日も帰り際に観察水槽をのぞいてみた。が、いつもと変わり無し。順調と言っていい。一方、ミユちゃんの観察日記も順調そのもの。終了予定日まで、数日を残すのみとなった。万事、つつがなく進んでいる。この状況を目にすれば、先輩も意見を変えるだろう。もしかすると……。

「褒められるかも」

携帯を見つめる。由香は頬を緩め、息を漏らした。

6

約束の時間まで、あと十五分。遅れるわけにはいかない。

由香はイルカ館控室へ向かっていた。

ミユちゃんは既に来ている。四十分ほど前、早々《はやばや》と到着した。その時、自分はイルカ給餌の下準備中で、その場を離れられない。仕方なく、ヒョロに出迎えを頼み、残りの作業を片付けた。かくして、今、控室の手前まで来たのだが……。

なにやら、騒がしい。

怪訝に思いつつ足を進めた。控室のドアが開いている。室内の声が廊下に響き渡っているのだ。声の主はミユちゃんとヒョロに違いない。

「ヒョロ兄ちゃん、テーブルの下、見た？」

「あ、まだだっ。見てみる」

いったい、何があった？

足を速めた。その瞬間、ミユちゃんが廊下へと飛び出してくる。自分の顔を見るなり「お姉ちゃん」と叫んだ。

「良かった。来てっ、早く」

「どうしたの？」

ミユちゃんの元へと駆け寄る。

ミユちゃんは肩で息をしていた。頬も赤らめている。そして「クラゲが、クラゲが」と繰り返した。

「クラゲがね、逃げちゃったの」

「逃げちゃった？」

そんな馬鹿なことが、起こるわけない。だが、ミユちゃんは真顔だ。冗談を言っている顔付きではない。

「うそじゃないの。ほんとなんだから。ともかく、部屋の中を見て。見てくれれば分かるから」

もしかして、観察水槽を倒してしまったのか。部屋中が水まみれで、クラゲは床の上に。流れ流れて、行方不明とか。

ここは自分が冷静に対処せねばならない。

部屋をのぞいた。だが、予想に反して、室内は何も変わりない。床は濡れていないし、作業テーブルの上にはクラゲ観察水槽がある。昨日、帰り際に見た光景そのものではないか。

どういうこと？

首をかしげつつ、観察水槽へと寄った。観察水槽自体も、いつもと変わりない。水槽の上では冷却ファンが回っていて、水槽内には丸めたアクリル板があり、その中程からは泡が舞い上がっている。しかし……。

クラゲがいない。

「ほんとに、逃げた？」

「さっきから、ヒヨロ兄ちゃんと探してるの。でも、見つかんない。もしかしたら、猫とかに食べられたのかも」

アクアパークに猫はいない。では、機械室に紛れ込んだネズミか。それとも、窓から迷い込んだ野鳥か。可能性はゼロではない。が、この観察水槽を置いてから、窓は閉めっぱなしだった。むろん、出入りの時以外、ドアは閉めている。

ヒヨロがテーブル下から顔を出した。

「でも、食べられたっていう痕跡も無いんですぅ。逃げたとしても、食べられたとしても、周囲に水濡れの跡くらいは残ると思うんですけど。水槽の周囲も、テーブル下も、いつもと変わりなし。もう、うそみたいですけど……消えたとしか」

「そんなことあるわけないでしょ」

逃げたとは考えられない。食べられたのも考えにくい。だが、消えたなんて……クラゲは生き物なのだ。ある日、突然、消えてしまうなどありえない。

ミユちゃんが現実的な範囲内に話を戻した。

「水槽の外に跳び出したのかも。魚みたいに。で、乾いちゃった。そうなれば、ちょっと見ただけじゃ分かんない。でも、よく見れば、その跡は分かると思うの。だから、ミユ、もっと、よく見てみる」

そう言うと、ミユちゃんはテーブルの下へ。ヒヨロも再び潜り込む。自分も足を一歩、テーブルへ。

その瞬間、背後から肩をつかまれた。

「ちょっと、待て」

先輩だった。

「悪いが、来てくれ」

腕を取られ、引っ張られた。そのまま、二人で控室の外へ。

「先輩、いったい、どこへ」

先輩は答えない。無言のまま、廊下を進んでいく。控室から五メートル程離れた所で、ようやく足を止めた。腕を放して、こちらへと振り返る。

「クラゲのことなんだけどな」

「そう、それ。そのこと」

今、騒ぎになっているのは、まさしく、そのことなのだ。わけが分からないが、もう、ありのままを報告するしかない。

「どうにも信じられないいんですけど、クラゲが逃げたみたいなんです。いや、魚みたいに跳び出したのかも」

「それは無いな。魚と違って、クラゲの遊泳力は弱い。水槽の外へ跳び出すなんて、ありえない」

「でも、水槽の中には」

「いる。いや、いた。けれど、ヒョロの言う通り……消えた。もう少し正確に表現するなら……溶けた」

「溶けた?」

先輩の顔を見つめた。これまた、真顔だ。冗談を言ってる顔付きではない。

「クラゲの体は透明なゼリー状。九十五パーセント以上が水だ。そんなクラゲの命が尽きると、どうなるか。細胞同士の結合が解け、海水に溶けていってしまう。そのあとには、微妙に濁った水が残るだけ。それだけでしかない」

「でも、昨日の帰り際、確認したんです。元気でした。それは間違いないです」

「別に珍しくない。一晩明けたら、溶けてた。よくある話と言っていい」

先輩は硬い表情で息をついた。

「何が原因かは分からない。ただ、クラゲは外部環境への依存性が高い生き物。環境変化には弱い。だから、水の管理には気を遣う。単にきれいな水に換えればいいってもんじゃない」

「じゃあ、私が一気に水を換えたのが原因……」

「そうとも言い切れない。水質劣化以外にも、水温や塩分濃度、いろんな要素があるから。ただ、それ以前の問題――『そもそも』とも言える問題があって」

先輩の視線が真正面から向かってきた。

「おまえ、言ってたよな。『展示水槽から小ぶりなクラゲを連れてきました』って。けどな、展示水槽には、本来、小ぶりなクラゲはいないんだ。バックヤードで大きく育ったクラゲを展示水槽へ移すから」

「けど、現に、いましたよ。私自身が移したんだから、間違いないです」

「大人のクラゲは、はかない。ミズクラゲだと、半年から一年ってところかな。月日がたって、弱ってきたクラゲは、どうなるか。縮むんだよ。縮んで小さくなるんだ。動きも鈍くなる」

　黙って、息をのんだ。

　思いもしなかった話ではないか。

「おまえたちが『ゆったり』とか『癒やされる』とか言っていた動き――それは既に弱ってきていたクラゲの動きだったのかもしれないな」

「そんな」

「弱っていたところに、水槽環境の劣化や激変が重なった。で、溶けた。別に断定するわけじゃない。けれど、珍しい話でもない。むしろ、初心者の場合、よくある失敗だと言っていい。問題は別のところにある」

　先輩は言葉を区切り、うつむいた。なにやら話しづらそうにしている。が、すぐに顔を上げ「あえて言うぞ」と切り出した。

「夏休みは忙しい――おまえもミユも、このところずっと、この言葉を口にしていたはずだ。そう自分に言い聞かせて、手が回らないことを自分に納得させてきたんだろう。だけど、これは育てる側の理屈だ。育てられる側の理屈じゃない」

　あえて、先輩は抽象的な言い方をしている。しかし、言おうとしていることは、難しい事柄ではない。

背に汗が滲んできた。

「生き物を育ててみる――そのきっかけは、だいたい、決まってるんだ。『かわいい』とか『癒やされる』とかなんだよ。情緒たっぷりでスタートする。ペットのことを思い浮かべてみてくれ。分かるだろ」

「分かり……ます」

「けれど、実際に育ててみると、すぐに分かってくる。『かわいい』とか『癒やされる』だけでは、絶対に終わらない。必ず『面倒くさい』も付いてくる。けど、誰にとっても、一日は二十四時間しかない」

その通りだ。ミユちゃんにとっても、自分にとっても、一日が二十四時間であることに変わりはない。

「だからこそ、重要になる。いつ、誰が、何を、どの程度までやるか――そのことを、実現可能な範囲内で、きちんと事前に決めておく。今回、それができていたかどうか。それが問題だと言っていい。厳しい言い方をしてるけど、おまえも水族館のスタッフなんだ。分かるだろ」

自分は今、仕事として、それをやっている。分からないわけがない。黙って、うなずくと、先輩は悩ましげに頭をかく。「まあ、俺も」と言った。

「相手がおまえだから、こんなふうに話していられる。問題はミユだ。ミユはまだ子供。おそらく客観的には受け止められない。一緒にやっていなかった俺が、いきなり横から出てきて、同じように言えばどうなるだろ」

先輩は唇をかむ。「おそらく」と続けた。

「第三者から落ち度を咎《とが》められた——そんなふうに受け止めるだろ。で、自分で自分を激しく責める。感受性が強いミユなら、自分を追い詰めてしまうかもしれない。たとえ、対象が原始的な生命体クラゲであってもだ」

廊下にミユちゃんの声が響いている——逃げた、逃げた。クラゲがどこかに逃げちゃったよう。

「では、曖昧にして、正確なことは言わないでおくか。それもまずい。ここでやっていたことは、学習プログラムの試験的実施。水族館の仕事として、やってたんだ。ちゃんと伝えなくちゃならない。大切なことなんだ。もしかすると……クラゲの生態を伝えることよりも、ずっと」

「じゃあ、どうすれば？」

「おまえが伝えるしかない」

先輩は更に激しく頭をかいた。

「おまえの思いは、おそらく、ミユの思いと同じ。この夏、二人一緒にクラゲを経験してきて、同じ思いを分かち合ってきた。自分自身の反省と後悔を踏まえつつ、説明してやるしかない。観察日記はまだ終わっていない。それに最後まで付き添う。それがおまえの役割でもあるんだから」

黙って、うなずいた。先輩に言われるまでもない。この件が始まった時点から、ミユちゃんと二人、走り抜くつもりでいたのだから。

「それと、もう一つ。海戻しにも付き合ってやるんだな」

「海戻し？」

「正式な用語じゃない。俗語だよ。俺の知ってるクラゲ好きの人が、そう呼んでるだけだから」

先輩は目を廊下の先へ。遠いところを見つめる目をする。そして、独り言のようにつぶやいた。

「戻してやるんだよ。海へ、な」

7

波は押し寄せ、引いていく。永遠とも思える繰り返し。そんな光景の中に自分達はいる。長靴を履き、胸に小ビンを抱えて。

由香はミユと一緒に夕日を見つめていた。

南 英男

潜伏犯
捜査前線

定価847円(税込) 978-4-408-55823-3

三年前の凶悪事件捜査から浮かびあがる夫の事故死の真相とは。町田署刑事課のシングルマザー刑事・保科志帆の挑戦。警察ハード・サスペンス新シリーズ開幕！

草凪 優

女風

書き下ろし

定価759円(税込) 978-4-408-55819-6

女性用風俗(女風)を描く最旬小説。処女でプライドの高い女社長、アイドルグループの絶対的エースなど悩める女性を幸せへと導く、人気セラピストの真髄とは？

蒼山 螢

後宮の炎王《こうきゅうのえんおう》 参

書き下ろし

定価814円(税込) 978-4-408-55816-5

国を揺るがす事件が二人を引き離す。瀕死の傷を負った嵐静は、翔啓に助けられるが…。中華後宮ファンタジー第3弾。友情を超えた愛、ついに最高の結末へ！

推し本、あ

先輩が言った通り、自分とミユちゃんの気持ちは同じ。あのあと、控室で二人きりにしてもらい、クラゲが「逃げた」わけではないことについて説明した。冷静、かつ、客観的に。だが、胸の内はそうではない。

様々な思いが渦巻いていた。

本当にこんな結末しかなかったのか。やれることがあったのではないか。いや、こんなことを考えている自分は、感情に溺《おぼ》れているのではあるまいか。説明していても、心は乱れに乱れる。だが、そんな気持ちを抑え込み、事実と原因の可能性について、順を追って説明していく。

「だからね」

ミユちゃんを見つめた。

「ほんとに消えちゃったの。溶けちゃったんだよ、クラゲたち」

ミユちゃんは表情を崩すことなく、黙って聞いていた。説明を終えても、何もしゃべろうとしない。黙ったままでいる。しばらくしてから、小さく息をつき、独り言のように「そうなんだ」と言った。

「じゃあ、ミユ、観察日記を描かないと。最後のページになっちゃうね」

ミユちゃんはランドセルから観察日記を取り出した。次いで、クレヨンと鉛筆を取り出し、その横に置く。ページを開いた。

日記欄に書いていく。

『きょう、アクアパークに来ると、クラゲたちがいません。ゆらちゃんも、ふわちゃんも、海水にとけて、消えてしまったようです』

更には、水槽の絵も描いていく。「空っぽ」に見える水槽の絵を。だが、空っぽに見えて、空っぽではない。ふわちゃんとゆらちゃんは、水に溶けて、そこに残っているのだから。ミユちゃんは、その「水」を描いている。そして、描き終え、クレヨンを置いた。描き上がった絵を見つめている。

「もう、会えないんだね」

その時、絵の真ん中に涙が落ちた。ぽとり。しばらくして、また、ぽとり。その涙は、「水」の絵の中へ吸い込まれていく。

「ミユ、やんなきゃならないこと、あったよね」

自分の心は、再び、乱れに乱れた。だが、それを無理やり抑え込み、ひしゃくを手に取る。水槽の底辺りに淀《よど》む水を小ビンへと詰めた。ゆらちゃんの分として一ビン。ミユちゃんへ手渡した。ふわちゃんの分として一ビン。これは自分が持った。そして、二人一緒に控室を出て、西の浜へ。

かくして、今、ミユちゃんと二人、波打ち際に立っている。

「そろそろ、戻してあげようか」

「うん」

水槽の水を海へ戻すことは、本来、好ましいことではない。だが、アクアパークの海水は、裏手の海から取水したもの。以降、バックヤードで厳密に管理され、水槽にて他の生き物の混入が無いか確かめられている。この程度なら問題ない。

大きく息をつき、小ビンの蓋を開けた。

ゆっくりと傾けていく。小ビンの水が、一筋、海へと滴った。夕日を受けて、きらめく。そして、波間へと吸い込まれていく。

ジョボ、ジョボ、ジョボ。

音にきらびやかさは無い。単調にして、どこか、おかしみさえ感じさせる水音が続いていた。もはや、どこまでがふわちゃんで、どこまでがゆらちゃんなのか、分かりようがない。だが、この水がクラゲ達であったことは間違いない。

ジョボ、ジョボ、ジョボ。

悔しい。なぜ、こんな水音なのか。

頭の中は違っている。忘れようがないクラゲ達が揺らめいていた。いずこからともなく現れ、漂い、心臓のように拍動する原始的生命体——クラゲ。時にユーモラス、時に優雅。無限にして無常。人の心も揺り動かし、時の訪れと共に、はかなく消えていく。不思議なる生命体——クラゲ。

ミユちゃんがつぶやいた。

「ゆらちゃん、さよなら」

自分もつぶやいた。

「ふわちゃん、さよなら」

残り水が滴っている。そして、最後の一滴。膝元できらめいた。波間へと消える。

その瞬間、ミユちゃんは身を震わせた。だが、気丈にも顔を上げる。夕日を見つめた。

歯を食いしばり、何かを懸命にこらえようとしている。

小さな唇の間から、かすれ声が漏れ出た。

「ごめん。ごめん……ね」

こらえ切れなくなったらしい。ミユちゃんは自分の方を仰ぎ見た。突如、表情を崩し、しがみついてくる。

「お姉ちゃん、お姉ちゃん、お姉ちゃん」

そして、嗚咽《おえつ》を上げた。何か言おうとしているが、うわごとのようにしかならない。だが、その気持ちは分かる。自分も同じ気持ちなのだから。

「ミユちゃん」

しがみつかれて、体が揺れた。

「ふわちゃんも、ゆらちゃんもね、元いたところに……海に戻ったんだよ」

分かっている。こんな言葉など、何の役にも立たない。むなしさが募るだけでしかないのだ。自分にできることは、一つしかない。

「分かってる。私もだから」

幼き背へと手をやる。その背をさすりつつ、由香は一緒に泣き続けた。

第二アルバム　ペンギンの情景

第一フォト　ボテッとペンギン

1

信じられない。そんなことがありうるだろうか。

由香はペンギン舎に向かって走っていた。

夏の間、館内を走り回ることには、もう慣れてきた。だが、今回は特別だと言っていい。緊急事態なのだから。

「自分の目で確認しないと」

常連さんから電話がかかってきたのは、十分程前のこと。スタッフルームには、たまたま誰もおらず、自分が電話を取った。その時、思いもせぬことを言われたのだ。

「ペンギンがね、一羽、病気だと思うんですよ」

電話の主は、親子連れでよく来館してくれる若いお母さん。何度か、直接、話をしたこともある。

「娘がそう言うものですから、半信半疑で私も見てみたんですけど……大人の目で見ても、やっぱり、そうだとしか」

状況を確認した上で報告する、と約束した。電話を切る。それと同時に、駆け出した。信じられない。ペンギンの主管者は、ベテランの吉崎姉さんなのだ。もし、本当に病気ならば、バックヤードへと移送し、療養させるだろう。来館者の指摘で気づくなんてことは、まず、ありえない——通常ならば。

走りながら、唇を噛《か》んだ。

今年はずっと、通常ではなかった。昨年末辺りから約半年間、アクアパークは存続問題で、ずっと揺れていたのだ。が、この夏、千葉湾岸市あてのプレゼン会議にて、その問題は決着。アクアパークは存続と決定した。もちろん、これは喜ぶべきことなのだが……。

問題が出てきた。

緊張の期間が長かったせいだろう。決定を機に、妙に緩んだ雰囲気がアクアパークに漂い始めたのだ。自分も例外ではない。プレゼン会議から半月ちょっと、何をやっても気が抜けている。今までのようには、仕事と向き合えていない。繁忙期の夏休みであるにもかかわらず、だ。こんな状態となれば、何が起こっても、不思議ではない。

「でも、まさか、吉崎姉さんが」

イルカ館へと飛び込んだ。建物内の廊下を走って、ペンギン舎へと急ぐ。まずは、状況をしっかりと確認せねばならない。

館内を走りながら、これからの手順を考えた。

まず、イルカ館裏口より裏ペンギン舎へと出る。裏ペンギン舎は、巣箱が並ぶバックヤード的なスペース。人目につくことが無い。じっくり観察できるだろう。そのあと、観覧エリアである表ペンギン舎へ。電話で指摘されたペンギンを確定する。そして、吉崎姉さんに報告して、獣医の磯川《いそかわ》先生に連絡し……そうだ。療養用バックヤードの準備もしないと。

あれこれ、あれこれ。考えはまとまらない。

結局、手順を決める前に、建物裏口に到着してしまった。目の前のドアを開ければ、そこは、もう裏ペンギン舎。ええい、ままよ。取りあえず、この目で見るのだ。段取りを考えるのは、それからでいい。

下腹に力を込めた。ドアを開けて、裏ペンギン舎へと出る。

思わず声が漏れ出た。

「何なの、これ」

電話では「表ペンギン舎に、病気らしきペンギンが一羽」とのことだった。だが、この光景は、そんな生やさしいものではない。

明らかに、やつれた様子のペンギンが、あちらこちらにいた。巣箱の列の前には二羽。土管の上には一羽。擬岩《ぎがん》の上と下には一羽ずつ。どのペンギンも見る影も無い。羽が乱れに乱れ、体全体がボロボロ。しかも、むくんだようになってしまっている。

「フクロウみたい」

本来、マゼランペンギンはやや小型で、スマートな体型をしている。だが、やつれた様子のペンギンは、フクロウのようなボテッとした体型になってしまっていた。それも、『木彫りのフクロウ』と言うべきか。置物になったかのように、全く動こうとしないのだから。動く気力さえ無いのかもしれない。

表ペンギン舎の方から足音が聞こえてきた。

「ほれ、ほれ。ちゃんと歩きぃな」

吉崎姉さんが表ペンギン舎から戻ってきた。その足元には、やつれた姿のペンギンがいる。覚束《おぼつか》ない足取りで歩いていた。羽は乱れに乱れ、もう白黒模様が判別できない。識別タグも無い。これでは個体識別すらできないではないか。

「ほれ、ほれ。早《は》よう戻りなはれや」

姉さんは両手をペンギンの背へ。

ペンギンはヨタヨタと歩いていく。そして、擬岩の左隅へと到着。と同時に、動かなくなってしまった。どう考えても、ただごとではない。

由香は吉崎を見やった。

「姉さん、これって、いったい」

「これ？ なんのこと？」

ああ、じれったい。

「だから、あれですよ、あれ。まず、巣箱前のペンギン。土管の上のペンギンも。姉さんが今、連れてきたペンギンもです。このままじゃ、まずいんじゃ。早く療養させないと」

「療養って、なんの？」

「いや、ですから、その」

何の病気なんだ？

「謎の腹ボテ病……かな」

そのとたん、姉さんは噴き出した。笑いつつ、手をおなかの方へ。指先で脂肪をつまむ。「腹ボテねえ」と言った。

「そらあ、ペンギンやのうて、うちのこっちゃな」

「姉さん、冗談を言ってる場合じゃないです。早くなんとかしないと」

「なんとかかと言われても……あのなあ、ペンギンを何やと思うとるの？ ペンギンは鳥なんやで」

「いや、ですから、鳥の腹ボテ病……」

「あほう。カンウやっ」

「カンウ？」

「交換の『換』。それに『羽』。くっつけて、換羽。鳥は定期的に羽が生え換わる。ペンギンも鳥なんやで。例外やない」

そう言うと、姉さんは裏ペンギン舎隅のゴミ置き場へ。ゴミ袋を手に取り、それを抱えて戻ってきた。

「まあ、見てみ」

袋の封をとく。

袋の中をのぞき込んでみた。

大量の羽が詰まっている。ペンギンの羽ばかりだ。別に、珍しいものではない。だが、これほどの量を目にするのは、初めてかもしれない。

「あの、こんなに？」

「当たり前や。個体ごとに換羽の時期は違うけどな、最終的には全てのペンギンが換羽するんやから。マゼランペンギンの場合は、毎年、夏にな。この時期は、もう大変なんやで」

姉さんは息をつく。袋を閉じた。

「羽が生え換わるから、まず、体の白黒模様がよう分からんようになる。換羽の邪魔になるから、識別用のタグも外さんとならん。つまり、個体の見分けが難しゅうなってしまうんや」

もともと、ペンギンの個体識別は難しい。担当者以外では分からないこともある。そのため、ペンギンの翼であるフリッパーに、色つきタグを付けているのだ。名称は個体識別タグ。アクアパークでは、この色の組み合わせを、そのままペンギンの名前にしている。

「個体識別が難しい——これは、結構、やっかいな問題でな。どの個体がどのくらい食べたか分かりにくうなる。摂餌量を把握するのに、えらい気を遣うことになるんや。おまけに夏やから、熱中症の対策もせんとならん。夏のペンギン舎は、苦労に次ぐ苦労。ちゅうても、ペンギン自身の苦労に比べたら、何でもないけどな」

「ペンギン自身の苦労？」

「ペンギンにとって、換羽は一大事なんよ。羽が防水の役割をしとるから。ボコボコ抜け替わっとる間は、水の中に入れんようになってしまう。さあ、ここで質問をしよか。そうなると、どうなると思う？」

「水浴びできません」

姉さんは一言「あほ」と言った。

「それ以前の問題やがな。自然界のペンギンは、海に潜って小魚を食べとる。『水の中に入れない』イコール『何も食べられない』やがな。つまり、換羽の間は絶食。そやから、換羽が近づいてくると、ペンギンは食いだめをする。そんでもって」

姉さんは巣箱前のペンギンへ目をやった。

「あんたの言う『腹ボテ』の状態や。太りに太る。余計なエネルギーは使いたくないから、木彫りの置物みたいに動かんようになってしまう」

「ペンギン舎では、食べること、できますよね。姉さんが給餌してくれるんですから。食いだめして絶食なんて、することないんじゃ」

「無茶を言うわ。換羽は生態の基本やで。うちが何をしようが、鳥としての生態が変わるわけないやん」

姉さんは顔をしかめた。

「まあ、一般の人が病気と勘違いするのは、仕方ないかもな。異様な外見になるし、動けへんし。けど、あんたは、まずいで。換羽は毎年ある。どこかで、この光景、目にしとるはずや。今さら大騒ぎは無いやろ」

「それは」

言葉に詰まった。

実のところ、夏休みが近づいてくると、ペンギン舎に近づかないようにしていた。見つかると、手伝いを頼まれるから。多忙極まる夏休み。人様の仕事を手伝う余裕は、誰にも無い。だが、そう答えるわけにもいかない。

返す言葉に窮していると、姉さんはあきらめたように首を振った。

「まあ、ええわ。職場存続を左右するプレゼンなんちゅう難しいことやって、当事者意識が芽生えてきた――そういうことにしといたろ。けどな」

姉さんは裏ペンギン舎を見回した。肩をすくめる。

「昔は、こんな光景、当たり前やったんやで」

「ペンギンの換羽ですよね。さすがに、当たり前とまでは」

「見た経験なんか、無くてもええの。ペンギンは鳥――その感覚があれば、なんとなく見当つくから。『あ、これ、換羽と違うか』って。なんせ、常識やったから」

「常識？」

「一昔前はな、郊外に出れば、あちこちでチャボやニワトリを飼うとった。小学校にもニワトリがおったかな。ジュウシマツみたいな小鳥もおったわ。うちが通うとった小学校には『鳥当番』ちゅうのがあってな。うちは、それが嫌で仕方なかった」

驚いた。

水族館には、『子供の頃から生き物の世話が好きでして』なんて人が多い。てっきり、姉さんもそうなんだと思い込んでいた。

「なんちゅう顔すんの。そんなに意外な話やないやろ。なんせ、鳥の世話ちゅうのは、掃除が大変や。所構わず、頻繁にフンをするから。牛や馬なんかと比べると、もう、半ナマと言うてええのんと違うやろか。消化管が短いから。雑食性の鳥なんかやと、結構、臭くなるしねえ」

　姉さんは昔を思い出すかのように目を細めた。

「その一方で、呼吸器疾患には弱い。そやから、掃除はまめに、丁寧に。単に『きれいにしましょう』ちゅう道徳の話やないで。鳥として生きていく——そのための必要条件ちゅう話や」

　ペンギン舎の掃除は不可欠。そのことは、仕事柄、よく分かっている。だが、それは仕事の内容を知っているということにすぎない。姉さんが言うような根本まで理解できていたかというと、実に怪しい。

「換羽だけの話やない。種ごとにいろんな差はあっても、『鳥ちゅうのは、だいたいこういう生きモン』——昔は、皆、分かっとった。理屈やない。肌感覚としてな。最近は、どうやろ」

　姉さんはため息をついた。

「もう肌感覚なんか何《な》ァンも無い。小難しい理屈はあるけど、実感ゼロやがな。覚えとるか。以前、うちは『ペンギンはメルヘン』と言うたことがある。けどな、もう、ペンギンどころか、『鳥はメルヘン』なんかもしれへんで」

「鳥はメルヘン？」

「鳥は身近な生き物——皆、そう思うてるやろ。けど、よう考えてみ。その『身近』って、具体的には何や？　遠目でスズメやカラスを見て、『身近』と思い込んどるだけと違うか」

そう言うと、姉さんは空を見上げた。

頭上には遮光ネット。その先には、青い空が広がっている。

「嘆きたくもなるで。『ああ、幸せの青い鳥。いずこを飛びたるや？』——今の鳥類は空を飛んどるんと違う。人々の胸の中を飛んどるんや」

姉さんは「ああ、メルヘン」と嘆息した。が、顔を戻して「嘆いとる場合やないわ」とつぶやき、手を頭の方へ。

頭を激しくかいた。

「たとえ、そうであっても……来場者に誤解させたら、まずいわな。いかなる理由があろうと、ミスリードはスタッフ側のミス。つまり、うちのミスや。実は、こういう誤解が起こらんようにと、準備してあってんけど」

姉さんはゴミ袋を抱えて、再び裏ペンギン舎の片隅へ。ゴミ袋を元の位置に戻し、道具入れへと手をやる。そこから、何か取り出した。

「まあ、見て。ポスターなんやけど」

姉さんはポスターを手に戻ってきた。

「毎年、換羽が始まると、これを貼っとくねん。ペンギン舎の目につく辺りに。今年は存続危機でバタバタしとったから、つい、貼るのを忘れてしもうた」

差し出されたポスターを手に取り、広げてみた。真ん中には、マゼランペンギンの写真。羽はボロボロ、体つきはボテッ。まさしく換羽中の姿だ。

その写真の下には、見事な筆遣いでこうある。

『ただ今、絶賛換羽中（病気ではありません）』

「どうや。写真はともかく、題字は惚《ほ》れ惚《ぼ》れとする達筆やろ。実はな、これ、辰《たつ》ばあちゃんに頼んだんよ。その題字と写真を組み合わせて、このポスターを作ったってわけ」

辰ばあちゃんはアクアパークの常連さん。この辺り一帯がまだ遠浅の海だった頃、網元の家で生まれ育った。齢九十は軽く超えているが、今もかくしゃく。駅近くにある焼きハマグリ屋の店頭に立っている。地元の人で辰ばあちゃんを知らない人はいない。アクアパークにとっても、大の恩人だと言っていい。

「辰ばあちゃん、夏のペンギンを見ると、いつも言わはるねん。『ペンギンって鳥なんだねえ』って。ばあちゃんの世代にとっては、換羽なんて当たり前の光景。と同時に、今や懐かしい光景やから。けど、『今の人達は勘違いするだろうね』っちゅう話になって、盛り上がってな。で、このポスター、作ることにしたんよ。ただ」

吉崎姉さんは再び手を頭へ。今度は弱々しく頭をかいた。

「貼ること、よう忘れてしまうねん。実は、忘れとったの、今年だけと違うんよ」

「あの、忘れようがないですよね。この光景、結構、インパクトありますよ」

「厳しいこと、言うてくれるねえ」

姉さんは苦笑いした。

「換羽中のペンギンって、動きたがらへんやろ。だいたい、裏ペンギン舎でじっとしとるがな。人目につく表ペンギン舎まで出ていくペンギンは、あまりおらんの。そうしたら、どうしても忘れがちになるやん。けどな、たまに先程みたいなペンギンがおって」

姉さんは目を擬岩の左隅へやった。そこには、先程、表ペンギン舎から戻ってきたペンギンがいる。

「わざわざ表ペンギン舎まで出てくんのよ。今回、出てきたんは銀シロ。給餌の邪魔をするのが大好きな子やねん。このボロボロ姿でヨタヨタしながら、邪魔しようとするんよ。まあ、見た人は驚くわな」

銀シロは身動き一つしない。

「けど、まあ、うちが忘れとっても大丈夫。たいてい、辰ばあちゃんが言うてくれはるから。『吉崎さん、そろそろポスターの季節じゃないかねえ』って。昨年もな、幼い男の子の手を引きながら、『吉崎さん、そろそろポスターの……』って、あれ?」

姉さんは首をかしげた。

「ということは、今年は言われてないということやんか。考えてみれば……しばらく、辰ばあちゃんの顔、見てない気がするな」

姉さんは自分の方を見る。

「あんたはどうや。来館してはるところ、目にしたか」

黙って首を横に振った。この時期、辰ばあちゃんは毎日のように来館する。ひ孫にあたる男の子の手を引きつつ。だが、ここしばらく、その姿は見ていない。

「最後にお会いしたのは、プレゼンの二日後かなと。お宅にお邪魔したんです。御礼とお見舞いで」

「もう半月程たっとるな。何かあったんやろか」

動悸がした。

プレゼン本番の日のこと、辰ばあちゃんは、突如、動けなくなった。そして、病院へと搬送されたのだ。幸い、過呼吸らしき症状で、大きな問題は無いとのことだった。

が、それは表向きの理由だったのかもしれない。もし、そうならば。

「ほっとけんな」

姉さんはうなった。再び自分の方を見る。

「うち、ちょっと、知り合いに事情をきいてみるわ。あんたは、いっぺん、焼きハマグリ屋に行ってきぃな」

「辰ばあちゃん、店頭に出てるでしょうか」

「そういう意味と違うって。あのお店、身内だけで回しとるやろ。誰か事情を知る人が、店番してはるはずや。買い物しながら、世間話ふうにきいてみ。ただし、話しにくい内容かもしれへんから、あくまで『さりげなく』や。ええな」

動悸が止まらない。

由香は胸を押さえ、黙ってうなずいた。

2

目の前には休憩室の扉。手には焼きハマグリの包み。姉さんと時間を合わせ、休憩室へ。姉さんは何か情報を得ただろうか。

扉前で、深呼吸する。由香は扉を開いた。

「遅かったな。待ちくたびれたわ」

　姉さんは既に来ていた。ソファの手前で立っている。

「早よう扉を閉めて、中に入りぃな。そんでもって、二人で密談しよ。うちの横に座りぃ。本当のこと言うと、うちも今、来たところでな」

　扉をそっと閉めて、室内へ。二人並んでソファに腰を下ろした。姉さんはすぐに膝に肘をつく。前かがみの姿勢となり「まず」と言った。

「あんたの話から聞こか。お店に行ってみて、何か分かったか」

「それが……店番してたの、アルバイトの高校生でして。何をきいてもキョトン。詳しいことを聞き出せるような状況じゃなくって」

「アルバイトの高校生？　妙な話やな。あのお店、今まで、身内だけで回しとったのに。そんなん、初めてと違うか」

「私も予想してなくて、面食らっちゃったんです。で、結局、焼きハマグリを買っただけになって」

　焼きハマグリの包みをテーブルに置く。

　姉さんはうなずき「しゃあないな」と言った。

「事情が分からんアルバイトに、いろいろ尋ねたら、話が広がってしまう。そんなことになったら、かえって、辰ばあちゃんに迷惑かけてしまうから。引くべき時は引く。

それが正解や」

　姉さんは姿勢を戻し、手をテーブルの上へ。包みを開いて、爪楊枝《つまようじ》を手に取った。

「ま、食べながら話そ」と言いつつ、焼きハマグリを口の中へ。

　自分も爪楊枝を手に取った。

「で、姉さんの方は？　何か収穫ありました？」

「あったような、無かったような。うちはな、テーラー衣《きぬ》ちゃんのところに行って、話を聞いてみたんやけど」

「テーラー衣ちゃん？　誰ですか、それ」

「誰ですかって……何ちゅうこと言うんよ。仕立屋の衣子《きぬこ》さんやがな。あんた、浜辺での結婚式、忘れたんか。あのウェディングドレス、仕立ててくれたのは衣子さんやで。恩人やんか。『テーラー衣ちゃん』っちゅうのは、趣味でやっとる劇団で使《つ》こうてはる名前や。まあ、本名と大して変わらんけど」

　衣子さんは辰ばあちゃんのお孫さんにあたる。そして、夫婦で仕立屋さんを営み、趣味で市民劇団をやっている。自分にとっては大の恩人。姉さんの言葉に間違いは無い。

「そうでした。あの時は、ほんと、嬉しくて」

　あれは……浜辺の結婚式でのこと。衣子さんは、辰ばあちゃんを介して、ウェディングドレスを提供してくれたのだ。舞台衣装とのことだったが、プロが仕立てた本格仕様。式場に置いてあるものと、何ら変わらない。結婚式もドレスもあきらめていた自分には、夢のような出来事だった。

「どうや。話をきくには、うってつけの人やろ。衣ちゃん夫婦は、駅前のビルにお店を出してはるからな、昨日、寄ってみたんよ。地下フロアの生鮮スーパーでダイコンとニンジンを買うた上で、『帰り道にひょいと』っちゅう顔付きでな」

姉さんは芸が細かい。

「衣子さん、いたんですか」

「おった、おった。ちょうど、一仕事を片付けた直後やったみたいでな。向こうも話し相手を欲しがっとったんよ。で、ひとしきり話し込んで……驚いた。なんと、辰ばあちゃん」

姉さんが自分の方を見る。

「急に足腰が弱くなってきたんやて。最近は、四輪の歩行器を使うとるらしい。信じられへん。うちよりも、足腰、シャンとしてはったのに」

「じゃあ、やっぱり、あの時に何かが」

プレゼン会議の直後、病院に駆けつけた時の情景がよみがえってきた。やはり、何かあったに違いない。

「それがな」

姉さんは首を振った。

「そうでもないらしいねん。内科の医者いわく、『お若いですねえ』なんやて。ざっくり言って、六十代くらいの体らしいわ。整形外科でも診てもろたんやけど、大きな異状は無し。杖《つえ》も歩行器も必要ないってことらしくてな」

「じゃあ、どうして？」

「そこやがな。うちもここまでは聞き出せた」

姉さんは困惑の表情を浮かべた。

「というか、衣ちゃんが勝手にしゃべったんよ。鬱憤《うっぷん》晴らしみたいに。けど、こっから先となると、急に口が重とうなってな。曖昧なことしか言わへんねん」

「曖昧なこと？」

「言葉を濁しはるの。『年ですからねえ』とか、『体より気持ちがねえ』とか、『その気持ちが問題でねえ』とか。それでいて、もっと聞いてもらいたそうな顔をしはる。もう、わけが分からへん。けど、まあ、言葉尻と口調から察する限り」

姉さんは更に声を潜める。小声で「あのな」と言った。

「辰ばあちゃんと衣ちゃんの間で、一悶着《ひともんちゃく》あったんと違うか」

「一悶着？」

「そんな雰囲気なんよ。なんとなく、間に入ってもらいたそうな顔付きやし。けど、向こうが話さん以上、こっちも手伝いようがない。しゃあないから、帰り際に言うといた。『また、うちの嶋が行きますわ。辰ばあちゃんのご機嫌伺いに』って。そうしたらな、ホッとしたような顔付きをしてはったわ」

「あのう……私？」

「うちが行ったら、事が大きゅうなってしまうがな。あんたが一番ええ。プレゼンでは辰ばあちゃんに世話になり、結婚式では衣ちゃんに世話になり。あんたにとっては、二人とも恩人なんやから」

「けど、いきなり訪問するのも不自然というか、なんというか」

「大丈夫やって。それらしい口実は作ったるから。これ持って行きぃ」

そう言うと、姉さんは手を腰の辺りへ。置いてあった紙袋を手に取る。中から小瓶を取り出し、テーブルの上へと置いた。

『大吟醸　初摘み』

「地元の銘酒や。このお酒は、まさしく『知る人ぞ知る』なんやで。海苔《のり》を作っとる漁師さんがな、海苔の初摘みを祝う時に開ける酒やねん。その大吟醸はめったに手に入らん」

姉さんは自分の方へと小瓶を押しやった。

「吉崎に言われて持ってきた——そう言うたらええ。うちの酒好きは、辰ばあちゃんも知ってはる。何の不思議も無い。それに、このお酒、ばあちゃんも懐かしいはずやで。できれば、梶も一緒に行かせたいところやけど、今は協会の仕事で、全国を駆けずり回っとる。しばらく戻って来んし、あんた一人で行くしかないわな」

「一人で行くのはいいんですが……持って行った時、私、何て言えば？」

「特別なことは何も言わんでええ。ご機嫌伺いなんやから。けど、たぶん、ばあちゃんも、何か胸に抱えとるモン、あるんと違うか。そうやないと、こんなことにならんやろ。本物の孫以上に、孫みたいなあんたが相手。言いたいことがあるなら、ばあちゃん、しゃべるやろうから」

「あの、何もしゃべってもらえなければ？」

「それなら、それでええ。なんとかしたい気持ちはあるけど、口出しできん時もある。酒を置いてな、『ご機嫌よう』ちゅうて、帰ってくればええがな。そやけど」

姉さんはハマグリを爪楊枝で刺し、口へと放り込む。口を動かしながら「何か絶対あるで」と言った。

「衣ちゃんの態度を見る限りはな。もしかすると、アクアパークに関わる事柄かもしれへん」

「あの、どうして？」

「ご近所さんでもなく、親類縁者でもない。うちらに間に入ってもらいたそうな顔してはるんやから。まあ、そやから、余計、気になるんやけどな」

膝に置いた手に汗が滲んできた。

もし、吉崎姉さんの推測が正しいのであれば……あれこれ考える余地は無い。辰ばあちゃんも恩人。衣ちゃんも恩人。そして、アクアパークは自分の職場。他人事ではすまされないのだから。

「私、行ってきます。辰ばあちゃんちに、明日にでも」

日本酒『初摘み』を手に取る。由香は小瓶を強く握りしめた。

3

夕日が縁側を照らしている。そこには、大きなお盆。その上には、急須と茶碗。そして、茶菓子も。自分は日本酒『初摘み』を抱え、庭で待機している。

辰ばあちゃんが座布団を手に持ち、縁側へと出てきた。

「玄関先から、直接、庭先へなんて、申し訳ないね。でも、家の中は暑いから。まあ、腰掛けておくれ。夕涼みだと思って」

ばあちゃんの所作に目を凝らした。

家の中での移動に問題は無さそうだ。となれば、先程、玄関先で目にした物が気にかかる。そこには姉さんが話していた四輪の歩行器。手押し式で、車輪のストッパーをかければ、休憩用のイスにもなるタイプ。半月程前まで、ばあちゃんは杖すら使っていなかった。何かあったことは間違いない。だが、いきなり、その話を持ち出すわけにもいかない。

由香は小瓶を掲げた。

「これ、うちの吉崎が手に入れたんです。珍しいお酒だから、辰ばあちゃんのところに持って行けって。で、早速」

お盆の上に小瓶を置き、勧められた座布団に腰を下ろした。二人並んで夕涼み。ばあちゃんは目を細めて、銘酒『初摘み』を手に取る。「懐かしいねえ」と言った。

「じいさん、お気に入りの銘柄でね。毎年、初摘みのあとに、ほんと嬉しそうな顔をして開けるんだよ。もっとも、当時は、大吟醸なんて飲めなかったけどねえ」

ばあちゃんは小瓶をお盆へと置く。そして、笑うかのように息を漏らし、自分の方を見た。

「嶋さん、お店の方に来てくれたんだってねえ。アルバイトの女の子が話してくれたんだよ。『アクアパークの人らしきお客さんが来た』って。『イルカプールでよく尻餅をついてる人だと思う』って。となりゃあ、嶋さん以外には無いよねえ」

真っ赤になった。通りすがりの客を装ったつもりだったのだ。そして、さりげなく話をしたつもりだった。だが、完全にバレている。

「心配をかけてすまないねえ。吉崎さんには、孫娘のところに来てもらったみたいだし。けど、見ての通り、大したことはないんだよ」

姉さんの動きもバレている。もう開き直って、きくしかない。

「玄関先で歩行器、見ました。あの、大丈夫なんですか」

「近所の人が勧めるもんだから、買ったまでのこと。足が萎《な》えたと言うより、気が萎えてしまってねえ。この年になると、気力が湧いてこないと、外に出られないんだよ。外に出てからも気力が続かない。で、イスに座りつつ、休み休み。逆に言えば、それだけの話なんだよ。気にすることなんてありゃあしないから」

ばあちゃんが本当のことを言ってるのかどうかは分からない。気を遣わせまいとしている可能性はある。だから、何と返せばいいのか分からない。返す言葉を探していると、ばあちゃんは苦笑い。「仕方ないね」と言った。

「心配をかけてしまってるなら、話した方がいいのかね。このままだと、嶋さんと吉崎さんが探偵になってしまいそうだから。ほんと、大したことじゃないんだよ。身内でのくだらない言い争い。人様に話すような事柄じゃないんだけどね」

慌てて、居住まいを正した。この流れは姉さんの狙い通りではないか。ばあちゃんを黙って見つめる。

　ばあちゃんは話し始めた。

「仕立屋をやってる、孫娘の家なんだけどね。幼稚園の年長組に通ってる男の子がいるんだよ。名前は浩一《こういち》。『ペンギンが大好き』って言うからね。よくアクアパークに連れて行ってたんだ」

　ばあちゃんは、よく幼い男の子の手を引いていた。その子のことに違いない。

「その浩一が幼稚園で描いた絵を、私にくれたんだよ。ペンギンを描いてみたってね。嬉しい話じゃないか。で、早速、その絵を広げてみたんだ。そうしたら」

　ばあちゃんは途中で言葉をのみ込んだ。「そうさね」と独り言をつぶやく。そして、縁側へと両手をついた。

「話は絵のことなんだ。口で説明するより、見てもらった方が早いかね。ちょっと待っておくれ。タンスの上に置いてんだ」

　ばあちゃんは、ゆっくりと体を起こした。立ち上がって、家の奥へと入っていく。その背を見つめ考えた。確かに、体が重そうに見える。以前の所作ではない。それだけ、気が萎えるようなことがあったということか。だが、今のところ、話は、ほのぼのとしている。気落ちする要素など、みじんも感じられない。

「まあ、見ておくれ。これなんだよ」

ばあちゃんが絵を手にして戻ってきた。

受け取って広げてみる。だが、幼稚園児の絵なのだ。正直に言って、何が描いてあるかは、よく分からない。輪郭線はグニャグニャ。クレヨンが塗りたくってある。

「ええと、ペンギンでしたよね」

真ん中に描いてある細長いものが、ペンギンなのだろう。そして、その周囲には、四角形や台形のもの。これは岩だろうか。いや、サンゴかもしれない。背景が青なのは、海かプールをイメージしているのだろう。

もっとも、どれもこれも推測にすぎない。ただ、一つ、確実に言えることが一つある。

この絵のペンギンは、アクアパークのペンギンではない。アクアパークにいるペンギンは、温帯性のマゼランペンギンなのだ。やや小型で、白と黒の地味タイプ。だが、この絵には派手な赤色や黄色が混じっている。極寒の南極大陸にいる大型ペンギンのような気がするが……。

「あの子はね、嬉しそうに言うんだよ。『ペンギン大家族のお母さんペンギンなんだ』ってね」

「あの、お母さんペンギン？」

「南極でペンギン達が大活躍する物語――そんなペンギンアニメがあるんだよ。浩一はそれが大好きでね。その主人公を描いたってわけさ。それにしても、がっかりするじゃないか。ペンギン舎の前で、飽きるくらい見てたのに。いざ、描くとなると、これなんだ」

なんだ、そんなことか。

自分は逆に胸をなで下ろした。水族館スタッフとしては残念な話ではあるが、別に珍しい話ではない。ばあちゃんも、思いのほか、繊細ではないか。だが、そう返すわけにもいかない。頭の中で返す言葉を考える。

「よくあるんです」

由香は絵から顔を上げた。

「残念ですけど、同時に嬉しくもあるかな。幼い男の子がペンギンに関心を持ってくれてるんですから」

「問題は、まだ、あるんだよ。ペンギンの周りさあね。何だと思う?」

「岩でしょうか。なんだか、水中に浮かんでるみたいですけど。お子さんの絵ですし、まあ、そんなものかなと」

「あたしも、最初は、そう思ったんだけどね」

ばあちゃんはここで息をつく。少し間を取った。が、すぐに話を再開する。「あの子の話によるとね」と言った。

「先生のところに絵を持って行ったらしいんだよ。『ペンギンを描いた』って。すると、先生に言われた。『お魚も描けば』ってね。あの子は、その言葉に従ったんだ。空いてる所に、知ってる魚を描き込んだ」

慌てて、目を絵に戻した。魚？　これは魚か。

「あたしゃあ、浩一に尋ねたんだ。『何の魚を描いたんだい』って。すると、胸を張って答えるんだよ。『アジとタイ』ってね。わけが分からない。でも、聞いていくうちに、事情がのみ込めてきた。描いたのは、確かに、アジやタイ。ただし、『台所の』ね。ようするに、切り身のアジやタイなんだよ」

合点がいった。おそらく、台形がアジだろう。四角形はタイに違いない。

「私には奇妙な絵に見えるけど、あの子の頭の中では、自然なことなんだろうね。あの子は好きなんだよ、台所仕事を手伝うのが。で、頭の中でごちゃ混ぜになってる。仕方ないんだ。魚の生きた姿なんて、ろくに見たことがないから。海がそこにあってもね」

話には聞いたことがある——子供の絵の中で切り身が泳ぐ。だが、そんな絵の実物を目にするのは初めてだ。しかし。

「まあ、幼いお子さんの絵ですから」

「まあね、ここまでは、私も我慢できたんだよ。けど、嫌な予感がしてね。確かめずにはいられなくなった。ちょっと、怖かったんだけどね」

「確かめたって……あの、何をですか」

「あの子に、海苔を渡してみたんだよ。で、きいてみた。『これ、何だと思う』って。するとね、海苔を手にしたまま、きょとんとしてんだよ。しばらくして、言ったんだ。『黒い紙』ってね」

ばあちゃんの手が膝上で震えだした。

「他の家なら、笑い話にしていいんだよ。相手は幼い子供なんだから。けれどね、うちの家は、それじゃあ、困る。たとえ幼くても、困るんだ」

手だけではない。唇も震えだした。

「うちの家はね、代々、浜で網元をしてきたんだよ。その頃、この辺りは遠浅の海。皆、海苔を作って、命をつないできたんだ。今の自分があるのは、そのおかげ。『黒い紙』なんて言葉、じいさんが聞いたら、何て言うか」

ばあちゃんの口調は熱を帯び始めた。もう、相槌《あいづち》すら、入れることができない。

「といっても、相手は幼い子供なんだ。叱り飛ばすわけにもいかない。あたしゃあ、衣子を呼び出した。で、言ったんだ。『なんて教育してんだい』ってね」

夕日が縁側を染め上げている。

もう何もかもが紅《あか》い。

「いつもなら、衣子は大人しく聞いてるんだよ。けど、自分の子供のことだけに黙ってられなかったんだろうね。言い返してきた。『仕方ないでしょ。時代の流れなんだから』ってね。その言葉に、あたしゃあ、カッときた。けれど、口には出せない。言うべき言葉は胸のうちにあるんだよ。あるのに出せやしない」

気持ちを落ち着かせるかのように、ばあちゃんは深呼吸を繰り返した。そして、目をつむる。自身に言い聞かせるかのように言った。

「時代の流れであるもんかね」

ばあちゃんの口調は戻っていた。落ち着いてはいる。だが、どことなく、もの悲しさも漂っている。そんな口調に聞こえてならない。

「代々続いてきた営みを切ったのは、時代じゃない。あたし達自身なんだ。むろん、お上から臨海開発の話があったればこそだけどね。けど、あたし達ァ、悩んで、議論して、受け入れた。自分達の未来を、自分達自身の手で、選択したんだ」

ばあちゃんは目をつむったままでいる。

「はたして、それで良かったのか――今でも、そういう気持ちはある。ご先祖様に申し訳ないという気持ちもある。じいさんはよく口にしてた。『俺達は責任を負わなくちゃなんねえ』ってね」

庭木で蟬《せみ》のヒグラシが鳴いている。紅い夕日がばあちゃんの横顔を照らし上げていた。その顔には深く刻まれた皺がある。その皺が細かく震えていた。

が、震えは次第に収まっていく。

「遠浅の海は消えちまった」

ばあちゃんは、ゆっくりと目を開けた。

「代わりに、派手なオフィス街としゃれた住宅街が出来上がったんだ。自然喪失の代償として、臨海公園も出来上がった。後戻りなんてできるわけがない。あたし達ァ、臨海公園での活動に力を入れ始めた。今にして思えば……後悔、いや、懺悔《ざんげ》のような気持ちがあったのかもしれないね。で、思ったんだ」

「思った？」

「海での暮らしは、もう無い。けど、海そのものが無くなったわけじゃない。生活の糧《かて》にしようがしまいが、臨海部に住むアタシ達ァ、常に『海と共にある』んだよ。代々受け継いできた心意気――それだけは忘れたくないじゃないか。で、次の世代に、そのことを言い聞かせ、その次の世代にも言い聞かせ、代々伝えてきた。いや、そのつもりだったんだ。けどね」

ばあちゃんは肩を落とした。

「結局、何も伝わっちゃいない。代を追うごとに薄まっていって、もう常識的な肌感覚すら無い。それでも、平然としてる。どうして、こんなことになっちまったんだろうね。この街だけは……いや、この家だけは、そうなるまい、と思ってきたんだ。けれど、結局、この始末さ」

ばあちゃんはため息をついた。銘酒『初摘み』の小瓶を手に取る。

「時代の流れ――もし、それが正しいのなら……私のやってきたことは何だったんだろうねえ。何もかもが空回り……いや、悪あがきだったのかねえ」

ばあちゃんは指の先で『初摘み』の文字をなぞっている。懐かしそうに。かつ、寂しそうに。そして、独り言のように「もうね」とつぶやいた。

「私なんかがいちゃいけないんだよ」

夕闇が次第に濃くなっていく。ヒグラシはまだ鳴いていた。だが、その声はもう途切れ途切れ。そして、ゆっくりとなり、かすれ、夕闇の中へと消えいる。

もう聞こえない。

辰ばあちゃんは指を止め、再び目をつむった。

4

月は雲間に隠れている。明かりはイルカ館の非常灯しかない。

「どうすればいいんだろ」

由香は壁際の長イスに座っていた。

膝元には浩一くんの絵がある。ここ数日、アクアパーク館内で、いろんな人に、この絵を見せてみた。だが、誰も意見を言わない。無表情にして、無反応。修太さんなど、「本当に、こんなこと、あるんだねえ」とつぶやき、逃げるようにスタッフルームから出て行ってしまった。だが、口に出さずとも、その思いは分かる。自分自身、同じ思いでいるのだから。

――やってきたことは何だったんだろうねえ。

辰ばあちゃんの嘆きは、アクアパークの嘆きでもある。アクアパークはずっと「生き物の実感を取り戻すこと」を訴えてきた。その主張をもって、夏のプレゼン会議を乗り越え、存続を勝ち取った。だが、安堵も束の間。新生アクアパークは、船出早々に、つまずいた。前途は厳しい――そういうことか。

ため息をついて、夜空を見上げた。真暗闇だ。月も星も見えない。

「やっぱり、時代の流れなのかな」

「そうではないと思いますよ」

背後で声がした。足音が続く。

慌てて立ち上がり、振り向いた。イルカ館から、誰か出てくる。

「内海館長っ」

「新婚早々、職場に居残りですか。好ましいこととは、思えませんね」

「その……今は家に帰っても一人なので」

「分かってますよ。梶君に出張を命じたのは、私なんですから。ただ、そうであっても、好ましいことだとは思えませんが」

言葉に詰まった。返す言葉を探していると、館長は笑いつつ、長イスの方へ。「座りませんか」と言った。

「嶋さんには、いつも、浜でのジョギング中に不意打ちされる。たまには、私が不意打ちしませんとね」

薄闇の中、内海館長と並んで長イスに座った。館長は絵の方を一瞥《いちべつ》する。が、すぐに顔を戻し、「気持ちは分かります」と言った。

「辰さんは、長年にわたり、臨海公園の活動を支えてきてくれた人です。アクアパークにとっては、恩人と言っていい。プレゼン会議でも、随分とお世話になりました。ですから、あなたが思い悩むのも無理はありませんが……『時代の流れ』は感心しませんね」

「でも、それ以外に、何と言ったらよいのか」

「では、ききましょう。辰さんは『時代の流れ』なんて言ってましたか。むしろ、そう呼ぶのを拒否していたのではありませんか」

息をのんだ。ばあちゃんの言葉ははっきりと覚えている。

——時代の流れであるもんかね。

「時代の流れ。いい言葉です。ノスタルジックな雰囲気たっぷりで、時に哀愁さえ感じさせる。けれどね、この言葉はクセ者なのです」

「クセ者？」

「この言葉が暗に示している内容を、考えてごらんなさい。まず、『自分のせいではない』と言っているのです。時代のせい。典型的な責任回避の言葉だと言っていい。第二に、どうのこうの言いつつ、現状を肯定しています。改善の意など、まったく感じとれない。無責任に放置——それを甘い感傷で包み込んで隠してしまう。私はそういう言葉だと思っています。そして、この言葉、最近やたらと耳にするようになりました。むろん、自然に関する分野で、です。私はそれが気になって仕方ない」

唾をのみこんだ。

映像のプロ、黒岩《くろいわ》さんが似たようなことを言っていた覚えがある。適当に映像を切り貼りしてな、ナレーションで『時代の流れ』と言わせるんだよ。そうすりゃあ、感傷たっぷりの番組が出来上がる。

「まあ、甘い感傷も時には悪くない。ただ、私達には、それに浸っている余裕は無いのです。生き物の実感が伝わってない？　じゃあ、もっと伝わるようにすればいいじゃないですか。それが私達の仕事なんですから」

館長の顔を見つめた。あまりにも単刀直入。あっけにとられてしまう。だが、趣旨は明快だ。こんがらがった紐が解けていくような思いがする。

館長は再び目を絵の方へとやった。

「だいたい、あなた方は物事を複雑に考えすぎる。いいですか。子供の絵は『心象』なんですよ。いや、正確に言うと、ヒトの視覚自体、『心象』にすぎないんですが」

「あの、心象？」

「私達は目の網膜に映るものを、そのまま認識しているわけではありません。頭の中で、その像を解釈し、意味づけして、把握しています」

瞬きした。

突然、館長は何を言い出したのか。見当もつかない。

「幼い子供は絵画技術なんて知りません。心象をそのまま出してしまう。心へのインパクトが大きな順に、単純に並べて描くのです。ですから、物理法則に従った構図にはなりません。写実も遠近も関係ない。関心あるものを横一列に描く。それが子供の絵です。発達学の教科書には、よく出てくるんですが」

館長は肩をすくめた。

「だから、これを引っ繰り返すのは、さほど難しくないんです。より大きな印象を与えればいい。むろん、アニメのペンギンは魅惑的で、強敵です。ですが、それは所詮《しょせん》、画面の中のことにすぎません」

「それは、そうなんですが」

「いいですか。自分の肌で感じ、見聞きし、時には匂いもかぐ。そんな五感をフル回転させた体験に勝るものなど無いのですよ。そして、それこそは、生き物の実感へとつながっていくはずです」

館長はため息をついた。

「実は、こういった観点から、私は今の自然教育について少し不安を覚えています。自然を大切にしましょう——今は教室内での勉強によって、価値観を醸成します。つまり、『経験というプロセス無し』に、『価値観という結果』を目指しているわけです。自身の肌で感じ、自身の頭で考えてみる機会は、あまりありません」

夜風が吹き抜けていく。

プール水面に波が立った。

「本来はね、『自然が大切？　本当か』という疑念があっていいのです。むしろ、『そんなことまで必要か』という程度の疑念なら、あって然《しか》るべきでしょう。こういった疑念に真正面から向き合い、自分なりの答えを出していく。価値観とはそうやって作り上げていくものです。けれど」

館長は薄闇を見つめている。

「今の教育は、どうなんでしょうか。教えられた事柄が正しい。それに疑問を持つことは誤り。残念ながら、そうなってしまっているような気がしてなりません」

姉さんも言っていた——もう肌感覚なんか何ァンも無い。小難しい理屈はあるけど、実感ゼロやがな。

「こういうことが繰り返されますとね、次第に、疑念の余地の無い『先入観』が出来上がってきます。こうなると、厄介なんです。何を見聞きしても、思い込みに沿ったものしか頭に残りませんから。まあ、このことについては、嶋さん自身、最近、経験したと思いますが」

「経験?」

私、何をした?

「あなたは、この夏、初めて『夏のペンギン』に気がついた。でも、よく考えてみて下さいよ。もう入館して五年半。六回目の夏なんです。常識的に考えて、一度や二度は、夏のペンギンを目にしているはずです。たとえ、ペンギン舎に近づくのを避けていたとしてもです。けれど、認識できていない。このたび、来場者から素朴な感想をもらって、初めて認識した。違いますか」

言葉が無い。吉崎姉さんのやることに間違いはない——そう思って、完全に他人事になっていたせいもあるだろう。見ているのに、見えていない。ある意味、病気と勘違いするよりも、ずっと、たちが悪い。

館長は笑った。

「こんなふうに、いろんな観点から検証していきますとね、一つの結論に行き着きます。先入観が出来上がる前に、自分の肌で感じ、自分の頭で考える――そんな機会を増やすべきではないかと。幸い、私達はその機会を提供できる立場にあります。あとは、やるだけです」

「分かるんですが……いったい、何から手をつけたらよいのか」

「修太君はもう動いていますよ」

意外な言葉だった。

「地元の漁協とタイアップしましてね、『食育《しょくいく》プログラムとのミックス企画』をやるんだそうです。まあ、シンプルな発想ですね。『切り身は泳がない。じゃあ、何が泳ぐんだ？』――その答え探しですよね。馬鹿馬鹿しい？　そうでもない。食卓に並ぶ魚の姿を、正しく言える人がどれだけいるでしょうか。その魚の生態となれば、なおさらです。ただ」

館長は困惑の表情を浮かべる。鼻の頭をかいた。

「食育と組み合わせると、必ず、どこかから横槍《よこやり》が入ります。命を育むべき水族館がやることではない、ってね。実際、三年ほど前、海遊ミュージアムでは、食物連鎖の展示でさえ頓挫することになりました」

その話は耳にしたことがある。確か、プレゼン準備の最中ではなかったか。

「ですが、『海の汚染』を『食の安全』から知る人が多いのも、事実なんです。目をそむけてしまうのが、正しいとも思えません。反対意見への矢面には、私が立つことになりそうですが。まあ、それも、また館長の仕事ですね」

館長は苦笑い。が、すぐに何か思い出したように「そう、そう」と言った。

「梶君も動いてますよ。修太君から話を伝え聞いて、出張先から郷土資料館に電話を入れたんだそうです。この地にあった海苔漁業を水族館で再現できないかってね。海苔と呼ばれる『アマノリ』や『アオサ』。生の姿をご存じの人は、どのくらい、いらっしゃるんでしょうか。ただ、梶君はしばらく戻ってこれませんから、当面、修太君が進めるようですが」

なんてこと。

もう、皆、動き出しているではないか。無表情、無反応どころではない。のんびり嘆いていたのは、私だけだったってことか。

「ある意味、浩一くんの絵に触発されて、皆、動き始めたんです。『泳ぐ切り身』の問題は修太君。『黒い紙』となった海苔の問題は梶君。さあ、こうなってくると、残るはペンギン。嶋さん、どうしますか」

「館長っ」

由香は長イスから立ち上がった。

「私、何とかします。何をどうやったらいいのか、まだ、思いつかないんですけど。それでも、何とかします。いや、しなきゃなんないです」

「相手は大人気のペンギンアニメ。強敵ですよ。何とかなりますか」

「心象を引っ繰り返しちゃいます。私自身、引っ繰り返された人間なので。以前は、私、浩一くんと大差ありませんでした。ペンギンと言えば、南極を舞台にしたメルヘン。でも、今は違います。メルヘンチックなイメージは無くなりましたけど、魅力は倍増しました。浩一くんも、そう変えてみせます」

「それは、頼もしい」

館長は微笑《ほほえ》んだ。

「プレゼン準備の時にも申し上げましたけどね、私はアクアパークの未来をあなた方に託したのです。こんなところで、立ち止まってもらっちゃ、困りますのでね」

はい、と返して、直立不動。

館長は笑うかのように息を漏らした。そして、夜空を見上げる。自分も続いた。意外な程に明るい。いつの間にか、雲間から月が出てきていた。

5

昨夜の会話は、まだ頭の中にある。館長には「はい」と返事をしてしまった。「何とかします」とまで言った。それも、勢いよく。そんな自分が、恨めしい。

裏ペンギン舎で、由香はため息をついた。擬岩へと腰を下ろし、頭を抱え込む。

「ああ、どうすればいいんだろ」

いったい、何をすれば良いのか。

よくよく考えれば、魚とか海苔とかは、楽な方なのだ。『実は、よく知らない』ということが、根底にあるのだから。興味を持たせるような工夫で目を引きつけられれば、目標は達成できたのも同じ。目を引きつけている間に、改めて、じっくり説明するという手法をとればいい。

一方、ペンギンはどうか。

ペンギンは既にたっぷりと興味を持たれ、じっくりと見られている。その上で、負けた――アニメの主人公に。これ以上、何をせよと言うのだ。何をしたところで、今以上に、伝わるとは思えない。

甘かった。

生き物としての実感を伝える——言葉で言ってしまえば、簡単だ。だが、実際に、それをやろうとすると、何をどうしたものやら。さっぱり見当がつかない。もっとも見当がつくならば、既にやっていることだろう。

「楽じゃないよなあ」

また、ため息が出た。頭を振って、顔を上げる。

目の前には換羽を終えたペンギン達。今まで通りの光景がある。意味もなく歩き回るペンギン、土管の上で鳴くペンギン、巣の前で喧嘩《けんか》するペンギン——この『てんでバラバラ』なところが、ペンギンの魅力なのだ。アニメのように『皆で力を合わせて大活躍』なんてありえない。

「そうだ」

柵も壁も取っ払い、こんなペンギン達と人間とが入り交じるなんて企画はどうか。広げた股《また》の間を、ペンギンが駆け抜けていく——さすがに、今までにないものを感じてもらえるに違いない。しかし、それでは……。

三度目のため息が出た。

ペンギン側の危険が増してしまう。スタッフ以外の人間がここに入ったことはない。見知らぬ人間が巣の近くを突然ウロウロし始めれば、ペンギン達は警戒するだろう。パニックに陥ってしまうかもしれない。

やはり、手は無い。

考えても、何も浮かんでこない。おそらく、自分以外でも、同じことだろう。なのに、なぜ「何とかします」なんて言ってしまったのか。

「言いすぎたよなあ」

内海館長の話は、結構、難しいテーマが多い。だが、思いもよらぬ切り口。そして、論旨明快。それに加えて、ソフトな語り口。そのせいか、気づくと、いつの間にか、のせられてしまっている。あの時、『世の中には、意欲だけでは出来ないこともあるんですよ』などと答えておけば……。

「いや、それは無理」

職場で上席にあそこまで言われれば、「はい」と受けるしかないだろう。ただ、逃げ道は作っておくべきだった。せめて『できるかどうか分かりませんが』ぐらいは付け加えておけよ、と自分に言いたい。それこそ、組織下っ端が生き残るテクニックではないか。だが、内海館長の方が一枚上手で……。

悶々、悶々。ああ、悩ましい。

頭の中で同じところを行ったり来たり。同じことの繰り返し。悩ましい。悩ましいったら、悩ましい……こんなに悩んでいるのに、無頓着に足をつつく奴がいる。

「痛っ」

足元へと目をやった。そこには銀シロがいる。文句を言いたげな顔付きで、自分の方を見上げていた。

そこのけ。そこ、オレの席。

そして、トコトコと方向転換。尾羽をこちらの方へと向けた。そして、お辞儀をするようにして……フンッ。プシューッ。

「何すんの、銀シロっ」

見事に銀シロのフンがかかってしまった。だが、当の銀シロは素知らぬ顔をしている。右を向いた。次いで、左を向いた。もう、こちらの方を見ようとしない。

——ペンギンは鳥なんやで。

「待てよ」

これ、いけるかも。

慌てて立ち上がり、銀シロに場所を譲った。そして、早足でイルカ館の裏口へ。石段に足をかけて、動きを止める。

おっと、いけない。

由香は胸元からティッシュを取り出し、銀シロのフンを拭った。

6

今日は自らチーフに相談を持ち掛けた。そして、この小会議室に来てもらっている。めったにない状況のせいか、どうしても肩に力が入ってしまう。だが、この勢いのまま、本題になだれ込まねばならない。

「おい、おっかねえ顔してんな。俺にかみつくなよ」

「チーフ」

由香は企画書を打ち合わせテーブルへと置いた。

「この企画について、ぜひとも、ご検討をお願いしますっ」

両手を企画書にそえる。そのままテーブル中央へと押しやった。

チーフがのぞき込む。

『アクアパーク存続決定。大感謝祭、企画祭り——切り身は海を泳がない。海苔は紙じゃないいんだよ。ペンギンは鳥です——アクアパーク友の会向け、常連さんスペシャル大企画』

チーフが顔を上げた。

「バラエティ番組の宣伝か」

「いえ、自作の企画書です」

　胸を張った。もう、虚勢でもいい。

「修太さん達が既に進めている企画と統合して、感謝祭企画として実施したいと思ってます。休館日に常連さん達を招待しての特別開催。当然、辰ばあちゃんとひ孫の浩一くんは呼びたいなと」

「そりゃあ、構わねえがな。おめえは、いってえ、何をやる気なんでえ」

「連れて行きます。ペンギン達を海へ。西の浜へ連れて行くんです」

　企画書を指さした。

『マゼランペンギンを館内から館外へ。そして、西の浜で自由に遊ばせる。企画名称はペンギンビーチ』

　チーフは困惑したように「そりゃあ」と言った。

「できねえ話じゃねえがよ。夏場は無理だぜ。ペンギンが熱中症になっちまう。となりゃあ、秋以降ってことになるがな」

「もとより、そのつもりです。狙いは秋の休館日」

「海に連れていって、どうする？　『遊ばせる』なんて気楽に書いてっけどよ、ペンギン達はバラバラでワラワラ。まとまりがねえ。見てるモンにとっちゃ、地味で退屈な光景になっちまうと思うがな」

「バラバラ、ワラワラでいいと思うんです。でも、そのうち、何羽かは海に入ると思います。で、飛ぶんじゃないかと」

あまり知られていないが、時折、ペンギンは飛ぶ。海の中を猛スピードで泳ぎ、その勢いのまま海面上へ。海面スレスレをグライダーのように飛行するのだ。

その名称は『ポーポイジング』。まさしく、ペンギンは鳥——それを感じさせる光景と言っていい。だが、普通のペンギンプールでは、距離は出ず、ポチャン程度で終わってしまう。少しも鳥らしくない。

「ポーポイジングか」

チーフは頭をかいた。

「悪くはねえが……イルカプールで遊ばせる時だって、やってるぜ。その光景を何度か公開したことがあっけどよ、『ふーん、あっそ』程度で終わったがな」

「それはイルカプールだからだと思うんです。イルカプールだと、来場者の意識はどうしてもイルカの方へ。『ペンギンが飛ぶ』というめったに目にできない光景が、見慣れたイルカのジャンプと重なってしまう。ポーポイジングって、確か、日本語では『イルカ泳ぎ』ですから、『ふーん』となっても仕方ないかと。けれど」

手のひらをテーブルにつく。身を乗り出した。

「海でとなると、違ってくると思います。『海の波間で飛ぶペンギン』を見たことある人なんて、ほとんどいないと思うんです。正直、私も見たこと無いです」

はっきり言って、自分自身、見てみたい。その気持ちは確実にある。

「プールでの時より、距離が出るかもしれません。見たこともない『飛び』になるかも。でも、これこそ、本来の姿なわけでして……見てる人の心にも残ると思うんです。それに、浜でのワラワラだって」

由香は再び企画書を指さした。

『見学者とペンギンの境界は、ロープのみ』

「ペンギンと同じ浜辺に立つ。その目の前でワラワラ。これって、結構インパクトがあるんじゃないかと。手が届くような距離ですから。不特定多数の一般向けだと、ちょっと怖いんですけど、今回は常連さん向けの限定企画。生き物との距離感については、ある程度、分かってる人ばかりです。いけるんじゃないかと」

「気軽に言ってくれらあ」

チーフはため息をつく。イスの背にもたれ、腕を組んだ。

「インパクトがあるくらいってなるとよ、ある程度の数を連れて行かなくちゃなんねえ。だがよ、ペンギンの行動は勝手気まま。統率するのは大変よ。特に問題となるのは、おめえが力説した『海で泳がせる』時かな。ポーポイジングを見せるのはいいけどよ、海は広いんだぜ。そのまま、どっかに行っちまったら、どうすんだ？」

「そこは、その、チーフにお願いできないものかと」

「俺に？　ペンギンが沖に出ないよう、見張っとけってか」

「いえ、そうではなくて」

由香は企画書を裏返した。裏面には補足事項を書いている。

『開催中であるイルカビーチの設備《海洋プール》を流用。ペンギンビーチの遊泳ゾーンとして利用する』

イルカビーチは夏期限定の企画。浮桟橋《うきさんばし》とネットにて沿岸域を区切り、広大な海洋プールとしてある。浮桟橋の歩行路には箱メガネがあり、来場者は『どのくらい海が回復してきたか』を、自身の目で確認できるのだ。と同時に、海洋プール内にはイルカ達。広々した海にて、のんびりと泳いでもらっている。

そこで考えた。

海洋プールの主役を交代。イルカからペンギンへ。海洋プールの設備を生かすことができれば、あとは浜にロープを張るだけでよい。さほど、手間はかからない。ただ、問題はある。海洋プールは夏期限定だということだ。九月中旬には撤収の予定が入っている。

「海洋プールを、なんとかして、ペンギンビーチ当日まで残したいんです。ですから、ええと……その交渉を、チーフにお願いできないものかと」

「簡単に言ってくれらあ」

チーフは大仰にのけぞった。

「アクアパークは海に面して建ってるがよ、海や浜辺を自由にしていいってもんじゃねえんだぜ。使用に関しては、いろんな許認可がいる。イルカビーチの検討時に経験したろ。分かってるだろうが」

「分かってます。厄介な手続きがいっぱい。関係者への根回しや説明もいっぱい。だから、チーフにお願いできないものかと」

既に撤収は決まっている。それを延期するならば、早々に要請せねばならない。しかし、この交渉、自分には無理だ。チーフの力を借りねばならない。だが、チーフもそう簡単に引き受けてくれるわけがない。

チーフは重々しい口調で「いいか」と言った。

「許認可だけの問題じゃねえ。浮桟橋にせよ、ネットやフロートにせよ、全部借りモンよ。ウェストアクアからのレンタル。撤収の作業も既に頼んである。それを延期するとなるとよ、いろんな所に頭を下げて回らなきゃならねえんだぜ」

「分かってます。そこを、なんとか」

結構な無理筋であることは理解している。だが、この前提が整わないと、この企画は前に進められないのだ。「何卒《なにとぞ》」と言いつつ、頭を下げた。この頭、簡単には上げられない。

「頭を下げて、ごまかすんじゃねえや。まだ、何かあるんだろ。言ってくんな」

チーフは鋭い。

頭を上げる。チーフは自分をまじまじと見つめていた。

「浜辺でワラワラ。海でポーポイジング。それだけじゃねえだろ。まだ、何か、たくらんでるよな。おめえが妙にこだわる時って、だいたい、そうだから。裏に別の目論《もくろ》見《み》があって、それを黙ってる時なんだ」

チーフの視線が真正面から向かってきた。唾をのみ込む。突拍子もない計画のため、めどが付いてから報告するつもりだった。だが、こうなれば仕方ない。

「実は」

由香はチーフの目を見返した。

「うんち……いえ、フンをプシューッと飛ばしてみようかと」

「何だって？」

「ペンギンのフンって、結構、飛ぶんです。プシューって。周囲に何も無ければ、たぶん、一メートル以上、飛んでるかと」

「いや、まあ、そりゃあ分かってるがな」

「青い海、青い空、爽やかな潮風。そんな中でプシューッ。それも、同じ浜辺、目の前で。絶対、心に残ると思うんです。でも、タイミングよくプシューッって、やってくれるかどうかは分からない。だから、ペンギントレーニング。サインを出したら、間近でプシューッ。これができないものかと」

チーフは口をあんぐりと開け、自分の方を見つめている。

ここは何としても、押し切らねばならない。

「イルカプールでは、既にやってるんです。サインでおしっこ——採尿トレーニング。負荷なく検尿できるんで、健康管理が楽になりました。そのペンギン版だと思っていただければ。今回はペンギンビーチのためのトレーニングなんですが、うまくいけば、今後、ペンギンの健康管理でも……」

「分かった、分かった」

チーフは手のひらを広げ、自分を制した。

「一つ、言っていいか」

慌てて居住まいを正した。

チーフは、若い頃、アシカの新しい見せ方を試みて、非難されたことがある。演出中心の見せ方から、生態説明中心の見せ方へ。その趣旨は良かった。だが、結果は惨憺たるもの。この見せ方は子供達を失望させ、「情操教育を何と心得るか」という大人達の非難を招いたのだ。こういった苦い経験を持つチーフのこと。そんな企画はやめておけ——そう言われる可能性はある。

「チーフ、何でしょうか」

取りあえず、おそるおそる、返してみた。すると、意外や意外。チーフはあきれ返ったように首を振る。「よくも、まあ」と言った。

「幼い子供の絵一つから……そんな所まで、ぶっ飛べるもんだな」

「浩一くんが大好きっていうペンギンアニメを見てみたんです。で、本物との違いは何かなって。いろいろあったんですけど、一番のギャップは、これじゃないかと。でも、鳥のフンって、結構、身近な話なんです。都市部では衛生問題になってるし、田舎では肥料になってるし」

しゃべっている自分を、チーフは黙って見つめている。

ここは、もう一押しせねばならない。

「それに、ええと……これは単なる個人的な感想なんですが……子供達って、うんちって言うと、やたらと、はしゃぐように思えるんです。実は、このワード、子供心をくすぐるツボではないかと。実際、イルカプールでは、そうでして。子供達から質問を受けてて、歓声が上がる時って、だいたいは……」

「もういい、もういい。分かったから」

チーフは再び手のひらを広げ、自分を制した。

「今回は、おめえの話に乗ってやらあ。俺ァ、偉いさん達を回って、事情を説明。秋までの延長を交渉してくりゃあいいんだな」

「そう、お願いできれば」

「ま、やってみらあな。けどよ、再延長は無理だぜ。延期要請が二度も通るとは思えねえ。それによ、冬が近づいてくれば、海水温の問題も出てくる。つまり、あれこれやってみて、時間がきたら、そこまでってこった。結局、考えてることが、ほとんどできないまま、中途半端で終わる。そうこともあるってこった」

「分かってます」

「ほんとに分かって言ってっか」

チーフは、また、あきれたように首を振った。

「言わずもがなってことを、あえて一つ言っといてやらあ。今回の件のきっかけは、辰さんの話なんだろ。気落ちしてる辰さんの姿を見て、おめえはこの企画を考えた。だがよ、辰さんが来る気になるかどうかは分からねえ。来てくれたとしてもだ、企画がうまくいかなきゃ、どうなる？　更に気落ちさせることになるかもしんねえぜ」

額に汗が滲んできた。

うまくいくことばかり考えていたかもしれない。確かに、指摘されたことは、十分にありうる。下手をすれば、逆効果で終わるかもしれない。

「いいか。ペンギンのトレーニングを、イルカのトレーニングと同じに考えるなよ。はっきり言って、簡単じゃねえんだ。時間がかかる。何の準備もできないまま本番へ。十分ありうることよ。よくよく吉崎と相談して進めてくんな」

黙って、うなずく。

チーフは企画書を手に取り「それと」と言った。

「こりゃあ、企画書というより、思いつきメモよ。どんな企画であってもな、トラブルなく進めるには、『人、物、金』、それに『日程と場所』の検討がいる。今回は時間もねえし、梶と相談しな。あいつが今やってる仕事は、もうすぐ片がつくから。俺からも言っといてやる」

それはありがたい。チーフに一礼。

「となりゃあ」

チーフは企画書を手に立ち上がった。

「早々に関係者の同意を取り付けなくちゃなんねえ。まずは、館長に話を通してくらあ。おめえは、トレーニングの手順について、吉崎と詰めるんだな。何もかも時間との勝負よ。やれることから、やった方がいい」

腹をくくると、チーフの行動は早い。

由香は慌てて立ち上がった。

7

ペンギン舎は残暑の中にある。すでに暑さのピークは過ぎた。ペンギン達はますます騒がしくなってきている。トレーニングの季節がきたと言っていい。

由香は吉崎に向かって深々と頭を下げた。

「お願いします。ペンギントレーニングで頼れるの、姉さんだけなんです」

「そんなこと言われても」

姉さんは困惑の表情を浮かべた。大きく息をついて、足元に給餌バケツを置く。擬岩の上に腰を下ろし、頭をかいた。

「チーフの言う通りやで。簡単なことやないわなあ」

「そこを、なんとか」

「なにぶん、相手はペンギンやからねえ。あんたが思うとること、どれだけできるやろうか」

「やっぱり、時間が足りませんか」

「それもあるけど……たくさん時間があっても、できるかどうか。イルカみたいにはいかんわねえ」

手のひらに汗が滲む。チーフも同じようなことを言っていた。

「イルカの担当者に言うのも何やけど……はっきり言うて、イルカのトレーニングって、楽な方なんよ。向こうから絡んでくるから。好奇心旺盛で、遊び好き。その性格にうまく乗っかってやったら、びっくりするくらい難しいことでも、やり遂げてしまう。仲間意識が強うて、イルカ同士で遊びを教え合ったりするしな。けど、ペンギンはと言えば」

姉さんは裏ペンギン舎を見回した。

巣箱の前で二羽がつつき合いをしている。

「また、やっとる。銀シロと赤緑やろ」

銀シロは給餌の邪魔が大好きな無法者ペンギン。一方、赤緑はおばちゃんペンギンで、ペンギン舎で一番、気が強い。この二羽は、始終、張り合っている。

「ああいうペンギンもおれば、年がら年中、夢見がちなペンギンもおる」

姉さんは足元に目をやった。

小柄なペンギンが駆けていく。どうやら、風で転がる落ち葉を追っているらしい。おなかは白いが、それ以外はほぼグレー一色。今年生まれたばかりの若鳥、赤白黄パステルピンク、通称『パステル弟』に違いない。そのあとを、もう一羽のペンギンがトコトコ駆けていく。黒と白のツートン模様。こちらは赤白黄パステルグリーン、通称『パステル兄』だ。

「あの兄弟はいつもマイペース。何かを追いかけるのに夢中になっとる。パステル兄の方はもう若鳥やないんやから、もうちょっと落ち着いとってええんやけど。若鳥の弟が何か追いかけ出すと、自分もつられてトコトコや。と、思えば」

姉さんはペンギン舎奥の土管へと目をやった。

土管の上には一羽のペンギン。赤茶グロか。首を伸ばし、空を見上げている。大声で鳴いた。
オ、オ、オ、オワーン。
「あれはトランペット鳴き。求愛の自己アピールや。繁殖期でもないのに、しょっちゅう、ああして鳴いとる」

姉さんは肩をすくめる。「ようするに」と続けた。

「群れてはいても、やっとることはバラバラ。当然、仲間内で教え合うこともない。トレーニングをやろうとしても、位置につかせることもままならん。あっちに行ったり、こっちに行ったり。集中力はすぐに切れる。他に気を取られたら、そっちの方へトコトコや」

パステル兄弟がトコトコ戻ってきた。今度は蝶々を追いかけている。

「おまけに、根は臆病やさかいな。トレーニングで覚えたことも、すぐに吹っ飛ぶ。

そのせいで、何度もやり直し。別に珍しい話やない」

「あの、臆病？」

「ペンギンって、自然界では狙われる側やさかい。特に、温帯ペンギンは、な。海ではシャチ、ヒョウアザラシ、オタリア。陸ではキツネや野犬。時には空から大型のカモメ類に狙われる。生態系のほぼてっぺんにおるイルカとは違うわな」

以前、似たような話を聞いた気がする。一方、極寒の南極大陸に棲《す》むペンギンは、比較的、警戒心が薄いとも聞いた。おそらく敵が少ないせいだろう。ならば。

「ペンギン舎なら安全。臆病である必要はないですよね」

「まあ、薄まりはするけど、ゼロにはならんで。これは、もう、基本的な生態やから。自然界であろうが、ペンギン舎であろうが、変わるわけない。換羽と一緒や。特に冬場になると、それを、つくづく感じるから」

「冬場？　あの、どうして？」

「マゼランペンギンってな、冬場は、ほんま神経質になるねん。理由はあるんよ。自然界では、この時期、海へと出て旅をしとってな。臆病やないと、生きていかれへん。もちろん、ペンギン舎におったら、旅に出ることはないで。けど、神経質になることは変わらへん。やっぱり、根は臆病なんよ」

裏ペンギン舎の光景を見回した。トコトコ、パタパタ。かわいらしく、おどけているのではとさえ思える動きだ。とても、臆病には見えない。

「ただ、この生態、トレーニングでは厄介な障壁でな」

「障壁?」

「たとえば、トレーニングの最中に、突然、バンッとか物音がしたとするやろ。そうしたら、その場で固まってしまうか、逃げ出すか。ひどい場合には、トレーニング成果が全部ぶっ飛ぶ。で、最初からやり直し」

「そこまで? あの、想像できないんですが」

「そやろねえ。なんか、いい例は……そう、そう。先月、体重計に乗るトレーニングをしとったんよ。その時、植栽を手入れに来た業者さんが、業務用の掃除機をかけた。突然、ブォーン。その物音と同時に、周りにおったペンギンは一斉に巣箱へ。体重計に乗っとったペンギンは動けんようになってしもうた。で、次の日、計り直そうとしたら、体重計に寄ろうともせん。仕方なく、一からやり直しや」

姉さんは肩をすくめる。何か思い出したように「そうや」と言った。

「予想できん動きをする物もあかんで。ヒラヒラする物とか。館内を散歩するトレーニングをしとった時にな、来場者のロングスカートが、急な風でヒラヒラしたんよ。人間の感覚では、大したことやないやん。けど、お散歩トレーニング中のペンギン、その場から動けんようになってしもうた」

瞬きした。意外としか言いようがない。今まで自分は何を見てきたのか。

「あと、お散歩トレーニングで、注意せんとあかんのは、子供やろかな。なんちゅうても、突発的な動きが多いから。急に駆け出したり、急に大声を上げたり。人間でも、びっくりすることがあるくらいやから」

確かに、自分は『ペンギントレーニング』と『イルカトレーニング』を混同していたかもしれない。イルカならば、こういうことは、あまり起こらない。ロングスカートのヒラヒラなんて、好奇心いっぱいで近づいてきそうだ。

「ただ、浜辺まで行くのは、何とかなるのと違うかな。敷地内を練り歩く『お散歩』はトレーニング済みやから。そのコースを徐々に変えていって、少しずつ距離を延ばして、最終的に西の浜へ。問題はトレーニングの期間やろね。本番が十月下旬頃やとすると、今からやっても、せいぜい二ヵ月弱。ま、やれることはしれとるわな」

「じゃあ、やっぱり、時間的に無理？」

「いや、ちょっと考えてみましょ」

姉さんは擬岩から腰を上げた。

「先ほど説明したことは、あくまで、マゼランペンギンの一般的傾向や。当然、これだけの数がおると、個体差はある。そこに注目して、選抜隊作りやな」

「選抜隊？」

姉さんはうなずいて、手を足元の給餌バケツへ。バケツを掲げて、その中に手を入れた。まさしく給餌時の格好だ。赤緑はすぐに気づいたらしい。銀シロとの小競り合いを中断し、姉さんの元へ。当然、給餌の邪魔が大好きな銀シロが、そのまま見ているわけがない。銀シロも足元へとやってきた。

「臆病が基本のペンギン界で、この物怖《ものお》じの無さは貴重やで。銀シロに赤緑、この二羽を中軸にして」

姉さんの足元をパステル弟がトコトコ駆けていく。次いで、パステル兄も。二羽そろって、今度は風に舞う羽毛を追いかけているらしい。

「夢見がちで、周りが見えない性格。パステル兄弟」

次いで、姉さんはペンギン舎の奥を見た。相も変わらず、赤茶グロが土管の上に陣取っている。空を見上げていた。

「年がら年中、自己アピール」

待ってましたとばかりに、赤茶グロはトランペット鳴き。オ、オ、オ、オワーン。

「以上の五羽は変わりモンやけど、トレーニング向きと言うてええ。よく言われるファーストペンギンってところかな。先導隊としては、ぴったりや。ただ、五羽では少なすぎるから」

姉さんは給餌バケツを掲げたまま、数歩、移動する。当然、赤緑と銀シロも移動。

それを見て、周りにいたペンギン達が寄ってきた。

「赤白、茶々緑、グレー銀、白黄々、緑空、赤白ピンク——この子らは、絶対、率先しては動かんのよ。けど、先導するペンギンがおったら、そのあとを必ず付いてくる。付和雷同隊その一や」

ほどなく、更に多くのペンギン達が集まってきた。

「赤茶白、茶黄グレー、赤茶ピンク、黄々茶、赤桃、白銀緑——この子らは、大勢が決まったところで動き出す。付和雷同隊その二や。この辺りをメンバーにして、トレーニングしていけば、ペンギンビーチは何とかなるやろ」

「姉さん、すごい」

「こんなんで褒められても、嬉しゅうないがな」

姉さんは苦笑いした。

「ええか。時間が無いからって、焦りなや。トレーニングは、必ず、地道にやること。コツというほどのコツも無い。面倒でも、嫌気がさしてきても、基本の『キ』。それを繰り返すこっちゃ」

「あの、基本の『キ』？」

「ポイントその一。何事も、徐々に、徐々に。段階的な『慣らし』が一番大事。ポイントその二。好ましい行動をとってくれた時は、その場ですぐに褒めること。この二つは基本の『キ』や。ペンギンであれ、イルカであれ、ヒトであれ、同じこと。ただし」

姉さんは肩をすくめた。

「イルカみたいに、褒めることに凝らんでもええよ。シンプル、イズ、ベスト。まあ、分かりやすいのは食べモンのご褒美かな。イカナゴを短く切って、使ってみ」

「あの、サインは?」

「何でもええよ。けど、それも、イルカみたいには凝らん方がええと思うわ。ペンギンが判別しやすい格好や仕草の方がええ。もっとも、どこまで通じるかは、やってみんと分からんけどな。まあ、それより、問題は」

姉さんは給餌バケツを抱え込む。軽くうなった。

「あんたの考えたキテレツなトレーニング。フン、プシューッの方やろねえ。こらあ、結構、難しいで。根本にあるのは、生理現象なんやから。まずは、よう観察してみることっちゃ」

「観察?」

「給餌からの経過時間とか、その時の状況とか、寸前の仕草とか。ようするに、ペットのトイレ・トレーニングみたいなモンやから。で、それに合わせて、分かりやすいサイン。どっかで関連付けて理解してくれるかも……しれへんねえ」

語尾が弱々しい。姉さんも自信が無いということか。

「ただし、まず考えることは、さっきと同じ。まずは、どのペンギンを対象にするか。個体差は結構あるから。ここで、一番、可能性があると言えば」

姉さんは足元を見やった。足元で銀シロと赤緑がつつき合っている。

「この二羽のうちのどちらかやろねえ。まずは、銀シロを相手にして試してみ。なんでか、この子、よう足元にフンを飛ばしてくるやろ。まるで抗議するみたいに。こんなん、珍しいんやで」

確かに、銀シロ以外では見かけないような気がする。

「ペンギンのプシューって、ほんま適当なんよ。あっちこっちで適当にプシューッ。まあ、ペンギンにとっては、当たり前の行為から。他のペンギンにかかることもあるけど、かけた方も、かけられた方も、平然としとる。それが普通や」

その光景は何度か目にしたことがある。

「けど、銀シロって、意図的にプシューってやってるやん。たぶん、偶然、覚えたんやろねえ。『人間に引っかけると、お気に入りの場所を空けてもらえる』って。こういうペンギン相手やと、キテレツなトレーニングも、うまくいくかも。まあ、やってみんと、分からんけどね」

慌てて、メモ帳を取り出した。まさか、無法者ペンギン、銀シロが候補になるとは思わなかった。やはり、姉さんに相談すると、何か返ってくる。

「それにな、銀シロは体重計に乗るトレーニングを済ませとるんよ。そやから、『指さした所へ移動する』ということは、理解できとると思うわ。まあ、成功率七割くらいやけどね。これと組み合わせれば、ペンギンのトイレ・トレーニングみたいになるかも。指さしたところへ移動して、プシューッや」

「じゃあ、銀シロ相手なら、うまくいく可能性アリってことですよね」

「さあ」

姉さんは笑った。

「今まで、そんなん、まともに検討したこと無いから。水族館界でも初めてと違うか。まあ、キテレツな試みやけど、うまくいけば、健康管理に使えるかもしれへん。フンの観察って大事やから。試してみること自体は、悪くないと思うけどな」

「了解」

「散歩トレーニングにせよ、プシューッのトレーニングにせよ、トレーニング期間は長《な》ごうない。どれだけのことができるかは、分からへん。短い期間で成果を上げようとするなら、『ペンギンにとって、何が一番分かりやすいか』を考えてみるこっちゃ。むろん、基本の『キ』を踏まえつつな」

「あの、何が一番分かりやすいんですか」

「具体的な方法は、はっきり言うて、うちもよう分からんのよ。うちが教えてあげられるのは、考え方まで。具体的な方法は自分で考えて。いろいろ試してみるこっちゃ。いろいろ考えても、通用するかどうか分からへんけどねえ」

「分かりました。やってみます。だめもとで」

「それよ、それ。だめもと。うまくいったらラッキー。そのくらいの気持ちでやるこっちゃ。そうでないと、ペンギントレーニングは、こっちの体がもたんのよ。『サインに従わないペンギン』をあえて見せる水族館もあるんやで。もっとも、趣旨がシュールすぎて、来場者の誰も理解できてないけどな」

メモ帳に留意点を書き留めていく。その時、足元に鋭い痛みが走った。見やると、そこには無法者の銀シロ。自分の足をつついている。

そこのけ。そこ、オレの席。

由香は慌てて擬岩から離れた。

第二フォト　フン、フン、フン♪

1

秋のペンギンは元気いっぱい。扉の向こう側から、イルカ館の廊下にまで喧噪《けんそう》が伝わってくる。これより、お散歩トレーニング。

由香は給餌バケツを抱え直した。

目の前には裏口の扉がある。そして、バケツの中には、短く切ったイカナゴ。自作のトレーニング用具も入っている。毎日、お散歩トレーニングを実施し、少しずつ距離を延ばしてきた。うまくいけば、今日、浜へと出られるかもしれない。

傍らで吉崎姉さんが言った。

「ほな、いつものようにやろか。あんたは選抜隊のペンギン達を率いて、お散歩トレーニング。ポイントは信頼感。どこに行こうが、あんたに付いていけば安心安全。そうペンギンに思わせるこっちゃ。まあ、がんばってきぃ。うちは居残り組ペンギンの世話をしとくから」

「あの、姉さん。今のやり方でいいんでしょうか」

「はっきりとは言えんけど、まあ、ええのんと違うかな。それなりに、成果、出とるみたいやし。怯えさせるようなことさえ無ければ、何でもええよ。あんたの工夫で、好きなようにやりぃ。がんばって」

　黙って、うなずく。

「ほな、行こか。まず、あんたから出て」

　扉を開けて、裏ペンギン舎へと出た。目を走らせて、先導隊五羽の姿を確認する。

　給餌バケツを掲げた。

「皆《みんな》、整列っ」

　ペンギンが整列するわけがない。

　だが、取りあえず赤緑が寄ってきた。それを邪魔しようと、銀シロも。パステル兄弟は嬉しそうにフリッパーをパタパタさせ、そろってやってくる。奥の土管から赤茶グロが跳び下りた。のっそり、のっそりとやって来る。足元に先導隊五羽が集結した。むろん、並ぶことはなく、ワラワラと集まっている。

　それを見て、他のペンギン達も集まってきた。付和雷同隊その一、次いで、その二。

付和雷同隊の面々は、時折、入れ替わる。だが、主なペンギン達はそろっているようだ。これならトレーニングに支障は無い。

姉さんが裏口から顔を出した。

「ほな、お気をつけて。いつものように、イルカプール経由のルートをとるんやで。ヒヨロくんに手伝ってもらうの、忘れんようにな」

「了解」

イルカプールへの連絡通路へと向く。柵の戸を開け、狭い通路へと入った。歩調は早すぎず、遅すぎず。ちょうどペンギン達が付いてこれる程度でなくてはならない。慎重に足を進めていく。

通路出口の手前で、足を止めた。

腕の時計を見る。まもなく予定の時間。息を整えて、その時を待つ。が、数秒もせぬうちに、案内放送のチャイムが鳴った。

『来場者の皆様にご案内いたします。ただ今より、ペンギンのお散歩が始まります。まだまだ練習段階のため、ペンギン達は慣れておりません。何卒、遠巻きにて、ご覧下さい』

いざ、出発。大きく息を吸って、通路出口の戸を開ける。

イルカプールへと出た。

「ヒョロ、今日もお願い」

「分っかりましたぁ」

ヒョロは柄ブラシを置き、観覧スタンドの境柵へ。

自分は給餌バケツを腕へと掛けた。バケツからトレーニング用具を取る。これは手作りの小旗。布地と棒とで作ってみた。その布地の部分を巻き戻していく。

――いろいろ試してみるこっちゃ。

短期間での成果を目指す以上、『分かりやすい』が一番。そう思って、バスツアーのような案内手旗を作ってみたのだ。むろん、ヒラヒラしすぎて、驚かせては意味がない。柄に近い部分を巻き込み、小旗程度にしてある。ついでながら、来場者に分かってもらえるように、旗にはこう書き込んだ。

『ペンギンビーチへＧＯ！』

もう恥も外聞も無い。

「やれることは、やらないと」

まずは、手旗を背中に差し込んだ。その柄に給餌バケツを掛ける。奇妙な格好ではあるが、仕方ない。これもサインの一種。『ペンギンが判別しやすいこと』を最優先に考えた。『どこであろうが、この格好に付いていけば安心安全』――そう思わせねばならない。だが。

本当にいいのか、これで。

しかし、悩んでいる暇など無い。ヒョロは境柵の戸を開け、手を挙げた。そして、ペンギン達の最後尾へとつく。「由香先輩」と言った。

「見守り役の位置につきましたぁ」

「了解。うしろ、お願いね」

数羽ならともかく、何羽ものお散歩となると、コースから外れ、迷子になるペンギンが出てくることがある。それを防ぐのが見守り役。このトレーニングでは欠かせない役割だ。

「では、皆。今日も行くよ」

前へと向いて、大仰な仕草で手を振る。大仰な仕草で足を上げた。行進するような仕草で、タッタカ、タッタッター。むろん、おどけているわけではない。

これもまた、自作のサインなのだ。

浜を目指す散歩の意でもあり、付いてきても安全の意でもあり。これまた、判別のしやすさを最優先にして考えてみた。成果のほどは、はっきりしない。ただ、お散歩コースを変更しても、躊躇《ちゅうちょ》せず付いてきてくれるようになった気がする。

「恥ずかしいんだけど」

プールサイドから境柵へ。開いた戸を通り抜けて、観客スタンドの外壁へ。更には遊歩道へ。タッタカ、タッタッター。手を振り、足を上げる。ペンギン達を引率していった。むろん、油断はしていない。こうしていても、目はキョロキョロ。万遍なく観察している。ペンギン達を驚かせるものがあってはならない。

遠巻きの人達の会話が聞こえてきた。

「見て、見て。ペンギン達の大行進。かわいいよねえ」

「でも、先頭のお姉さんは何なのかしら。変な人だよねえ」

笑わば、笑え。

手を振った。足も上げた。タッタカ、タッタッター。新しいコースへと舵《かじ》を切る。胸の中でつぶやいた。皆、付いておいで、安心だから。安全だから。

物怖じしない先導隊五羽は、ためらうことなく、トコトコ付いてきた。付和雷同隊その一、その二は、先導隊から少し遅れて付いてくる。見守り役のヒョロは最後尾をウロチョロしていた。皆そろって、メイン展示館の壁際まで来る。

壁に沿って進んでいった。建物の角を曲がって、正面玄関の方へ。

「由香先輩、あと少しで記録更新ですぅ」

「分かってる。任せて」

正面玄関の門際まで来た。

ここから先、ペンギン達にとっては、未知の世界と言っていい。歩調を落として、ゆるりゆるりと進んでいった。そして、ついに、敷地と浜との境目へたどりつく。

振り返って、ペンギン達を観察してみた。

全羽、そろっている。だが、その態度は、いつもと少し違っていた。どことなく、そわそわしているのだ。明らかに、警戒し始めている。

無理もない。

目の前には、広い砂浜。更には、果てしない海。そして、途切れなく続く青い空。ペンギン達にとって、目新しいものばかりなのだから。未知なるものに警戒心を抱くのは、生き物にとって自然なこと。だからこそ、引率役の自分がいる。

——あんたに付いていけば安心安全。そうペンギンに思わせるこっちゃ。

短期間で理解してもらえるよう、恥も外聞も無く、あれこれ試してきた。奇妙な格好、大仰な仕草。全てはペンギンを怯えさせることなく、砂浜へと導くため。今、その真価が問われている。

では、いざ。

前へと向き直った。手を振って、砂浜へと一歩。足を上げて、砂浜へと一歩。タッタカ、タッタッタ一。また一歩。タッタカ……あれ？

付いてきている気配が無い。

数歩進んで、振り向いた。

振り向くと、どのペンギンも、まだ敷地内にいた。境目を越えようとしない。先導隊のペンギンも周囲を見回し、様子をうかがっていた。赤緑は右を見ている。明らかに戸惑っていた。銀シロは左を見ている。明らかに迷っていた。そして、二羽そろって、砂浜を見る。だが、踏み出そうとはしない。

「大丈夫だって。おいで」

だが、群れは動き出さない。戸惑いに気迷い。そして、警戒。立ち止まって、様子をうかがっている。だが、突如、その一角が崩れた。群れの中から一羽のペンギンが飛び出したのだ。夢見るような足取りで、何かを追いかけている。そして、砂浜へ。ちょうちょ、ちょうちょ。

パステル弟だった。次いで、パステル兄も。兄弟そろって、モンシロチョウを追いかけている。これを機に、一気に群れは動き出し始めた。

まずは赤茶グロ。砂地へと入って、得意のトランペット鳴きを披露。銀シロと赤緑も牽制《けんせい》しあいつつ、砂浜へと出る。付和雷同隊のペンギン達も動き始めた。おそるおそる、赤白が浜へと出た。次いで、茶々緑も出る。グレー銀も、白黄々も。次から次へ。赤白ピンク、赤茶白、茶黄グレー、赤茶ピンク、黄々茶、赤桃……。

「由香先輩、連れてきたペンギン、全て浜に出ましたぁ」

「了解」

沖から潮風が吹き寄せる。ペンギン達は、まだ、どことなく戸惑っていた。だが、怯えてはいない。この調子なら、海洋プール前まで行けるのではないか。

「よし。あと少し」

浜へと向き直って、まずは一歩、踏み出した。更に一歩。だが、その足元を一羽のペンギンがトコトコ駆けていく。浜の方へではない。敷地の方へ。戻っていくのだ。とんぼ、とんぼ。

またまた、パステル弟だった。次いで、パステル兄も。兄弟そろって、今度は、とんぼを追いかけている。赤茶グロは慌てて敷地内へ戻った。ごまかすようにトランペット鳴きをする。銀シロと赤緑は再び牽制し合いながら、敷地内へと戻った。当然、付和雷同隊もワラワラと付いていく。ペンギン達は、また全羽、敷地内へ。

「今日は、ここまでか」

仕方ない。

トレーニングにおいて、焦ることは禁物なのだ。少しずつ、少しずつ、成果を積み上げていく。一足飛びにやろうとしても、ロクなことは無い。警戒心が増すだけだ。海洋プールまで行けなかったのは残念だが、取りあえず、浜には出られた。上出来だと言っていい。ただ、こうなると、ご褒美のタイミングが難しい。

「では、整列っ」

どのペンギンも整列なんてしない。敷地内でワラワラとしている。手を振り、足を上げて、敷地内を左へ数歩、移動した。ペンギン達はワラワラと付いてくる。次いで、右へ数歩、移動した。またワラワラと付いてくる。

よし。

背中の小旗から給餌バケツを抜き取った。短く切ったイカナゴを、ご褒美として給餌していく。ご褒美のタイミングはトレーニングの肝《きも》と言っていい。うまくいかなかった直後に出しては、学習内容を勘違いすることがある。つまり、浜から戻ってしまった直後では、まずいのだ。

こんな時には、わざと簡単なトレーニングをする。だから、敷地内を右に行ったり、左に行ったり。当然、ペンギン達は自分のあとを付いてくる。うまくいったところで、改めて、ご褒美。この繰り返しが、理解と信頼を深めていく。

「では、皆、これから帰るからね。ヒヨロ、場所を交替して」

「分っかりましたぁ」

ヒヨロは早足で浜側へ。

自分は給餌バケツを背中へと戻し、建物側に移動した。ペンギン達はトコトコ方向転換する。群れに目を走らせ、改めて確認した。問題は無い。全羽、そろっている。

「では、出発」

タッタカ、タッタッタッター。

手を振る。足を上げる。由香はペンギンを引率し、再び歩き始めた。

2

最近は、ペンギン舎での仕事が中心と言っていい。だが、自分はイルカの主管者なのだ。たまにはイルカプールで仕事をせねば、勘が鈍る。

由香は子イルカのニッコリーを見つめた。タイミングを見計らって、前方宙返りのサイン。右腕を振る。

「行って、ニッコリー」

ニッコリーは心得たとばかりに身を翻した。助走しながら、徐々にスピードを増していく。水しぶきを上げて、跳び出した。秋の空で、大きく前方宙返りジャンプ。そして、着水。周囲に波のような水しぶきが飛び散る。

「いいねえ」

ニッコリーは得意げな様子で戻ってきた。褒めてもらいたそうに身を振る。

どうでしょ。いつもより大きく回ってみました。

「ほんと、好きだねえ」

イルカプールとペンギン舎を行き来していると、つくづく思う。イルカはイルカであり、ペンギンはペンギンなのだ。『当たり前ではないか』と、人は言うだろう。だが、時には、そうでなくなる。『人気者』という点で、この二者はすぐに同列になってしまうのだ。

「頭の中で、同じになっちゃうんだよな」

昨日、浩一くんが大好きなペンギンのアニメを見返してみた。よく出来ている。そのあとに、二番目に好きだというイルカのアニメも見てみた。これまた、よく出来ている。どちらのアニメでも、ラストシーンで涙が出てきた。

けれど、涙を拭きつつ、ふと思ったのだ。

これって、主人公を入れ替えても、いけるんじゃないの。

感動的なシーンを思い返しつつ、一つ一つ、検討してみた。意外や、意外。ストーリーの大半は、ペンギンであろうと、イルカであろうと、ほぼ成立してしまう。なぜって、どちらも『愛と友情、勇気の物語』なのだから。それぞれが持つ独特の生態など、ストーリーにはあまり関係ない。だが。

自然界で、ペンギンとイルカを入れ替えできるだろうか。

言うまでもない。できるわけがないのだ。生態系では、それぞれ別の位置を占めているのだから。本物と接すれば、おのずと、そのことは分かってくると言っていい。

そして、それぞれとの距離感もつかめてくる。問題は……接する機会のあまり無い人達に、この感覚をどう伝えていくかなのだが。

「これが難しいんだよな」

足元で水音がした。水しぶきも飛んでくる。見やると、ニッコリーが身を振って、ご褒美を催促していた。

ちょっと何してんの？　お魚、あるんでしょ。

慌てて、手を給餌バケツへとやった。そして、アジをニッコリーへ。終了のサインを出すと、ニッコリーは機嫌良さげにプールサイドから離れていく。

いつも気楽そうなニッコリーがうらやましい。

給餌バケツを抱えて、壁際へと移動した。バケツは長イスの上へ。手を挙げて、背伸びした。左右に振って、凝り固まった筋肉をほぐしていく。一気に脱力して、息をついた。ただの息ではない。これは、ため息でもある。

イルカ館の方から声が飛んできた。

「なに、ため息ついてんだ」

「先輩っ」

イルカ館から、先輩がプールサイドに出てきた。手にタブレットを持っている。傍らまで来ると、照れくさそうに鼻の頭をかいた。

「その呼び方は、ちょっとな。違和感というか、なんというか」

「どうして？　結婚しても『職場ではこれまで通り』って、言ってましたよね。それに、新居のアパートでも、私、まだ『先輩』って呼んでますよ」

「それはそうなんだけど。いつまでもっていうわけにも、いかないしな」

先輩はしきりに鼻の頭をかいている。仕方ない。

「じゃあ、二人の時に限って、呼んでみます。ドラマっぽく『良平さん』とか」

「やめてくれ。背筋がゾクゾクする。おまえから、そう呼ばれると、なんだか、ちょっと怖い」

「じゃあ、少女漫画っぽく『リョウヘイッ』とか」

「やめてくれ。おまえから、そう呼ばれると、なんだか、小馬鹿にされてるような気が……いや、まいったな」

先輩は悩ましげに息をついた。

「職場結婚って、こういうことが出てくるんだな。考えてもみなかった。いや、ほんと、難しいよな」

別に、難しくないと思うけど。

「しっくりくるのが見つかるまで、このままいくしか……まあ、いいか。こんな話はあとにしとこう。用件はペンギンビーチのこと。ちょっと確認したいことがあって、来たんだ。おまえに、直接、見てもらった方がいいと思ってな」

先輩はタブレットを自分の方へ。その画面に図面のようなものが広がっていた。どうやら、海洋プール周辺の地図らしい。

「浜辺の使用について、臨海公園の管理事務所に申請書を出さなきゃならない。で、海洋プール設営時の図面に、ペンギンビーチの予定範囲を書き込んでみた。確認してくれ」

海洋プールに面した浜辺が、細い線で囲ってあった。その中に『ペンギンビーチ予定地』との記載がある。ロープなどの備品や、その使用方法などについても、細かく追記されていた。実に細かい。

「あの、ここまで細かく設定しておかなくちゃだめ？」

「厳密に言うと、ロープを張るための杭《くい》も、公園規則にある『掘削《くっさく》加工等の許可』に引っ掛かっちゃうんだよ。まあ、細かな数値基準があるわけじゃない。海岸環境への影響が問題無いことが、確認できればいいんだ。その判断のために、きちんと目で見える形で出しておかないとな。心配するな。申請内容には余裕をもたせてある」

タブレットを手に取って、よく見てみた。ペンギンのお散歩のコース、自由行動スペース、見学者の観覧スペース、全て書き込まれている。が、確かに、余裕をもたせた計画で、実施にあたり苦労することはなさそうだ。

「私が付け加えることなんて無いんですが」

「じゃあ、この内容で申請は出しておく。ああ、それと、ロープとかの備品の手配は俺がやっとくから。明日には見積書が総務係に届く。まあ、短い期間のレンタルだから、大した金額じゃない。ただ、もう一つ、確認してもらいたいことがあって」

先輩はタブレットへと手を伸ばしてきた。そして、画面をスクロールする。企画資料を切り替えた。

『感謝祭企画　タイムスケジュール表』

「当日は、三つの企画を、手際よく進めなくちゃならない。まずは、館内で修太の『切り身は泳がない』企画。これは結構、濃い企画だから、直後の休憩は長めにとる方がいいだろ」

先輩は資料をずらしていく。

「で、休憩がてらに館外へと出てもらって、ペンギンビーチ。その間に、会場を海苔企画向けに設営し直す予定にしてる。海苔加工用の機械を設置しなくちゃならないから。その作業の都合で、若干、予定時間が前後するかもしれない。でも、ペンギンビーチなら融通はきくだろ。むろん、設営完了の時点で、浜のスタッフには連絡するから」

スケジュール表には、作業ごとに所要時間の見積もりが書いてある。

「ペンギンビーチのあとは、館内に戻って、たっぷり海苔を味わってもらう。で、歓談タイム。最後に館長が御礼挨拶で締める。こんな感じで進めようと思ってるんだ。けど、関係者の意見も聞いておきたくてな。それぞれが考えてることと、違ってるとまずいから」

「お任せします」

精緻《せいち》に計画されている。今さら、自分が意見を差し挟むことなど無い。

「でも、私、館内企画の方は、分かんないですよ。最近、修太さんと話してないから、進み具合も分からないし。順調にいってるんですか」

「順調って言いたいんだけど」

先輩は困惑の表情を浮かべた。

「どんどん話が膨らんでいってる。うまくまとまるかどうか、分からない。もう修太がノリノリで、止まらないんだ」

「ノリノリで、止まらない？」

「修太のやつ、まず、漁協に協力を仰いだんだ。漁協にとっても、無視できないテーマだから。食育の先生も呼んで、三者で話し合った。そうしたら、随分と盛り上がったらしくて……いつの間にやら、東京の寿司店から、名職人が来ることになって」

「へ？」

「昔、海苔桟橋の向かいに、地元の漁師さん達が集うお寿司屋があったらしいんだよ。臨海開発で移転して、今、そのお孫さんが東京で店を出してる。その人にとっては、まさしく、自分のルーッ。『何でもやりますよ』なんて言われたみたいでな。で、その横で修太が一席ぶつらしい。今、その練習をしてる。見てみるか」

先輩は再び手をタブレットへとやった。動画のアプリを開く。

画面の中で、修太さんが動き始めた。頭にはハチマキ。幾つもの水槽を前にして、手にハリセンを持っている。

『さあ、さあ、お立ち会い』

修太さんは演台をハリセンではたいた。露店売りの口上よろしく、言葉を並べていく。テンポがいい。

『寄ってらっしゃい、見てらっしゃい。食べてらっしゃい、ああ、ソレソレ。これは言わせて下さいな。切り身は、絶対、泳がない』

ここで、もう一度、ハリセン。修太さんはリズムをとる。

『そんなことなら、当たり前？　魚のことなら知ってるよ。知っているなら、ききましょう。ここにいるのは、身近な魚。さあ、さあ、言ってよ、この魚。いったい、名前は……ナァニ？』

修太さんが「ナァニ？」で、首をかしげたところで、動画は停止。

「ほんと、どうなるんだろ」

先輩も首をかしげた。

「修太のやつ、昨日辺りから『大水槽で釣りとかどうだろ』なんて言い始めた。もう収拾がつくかどうか分からない」

「じゃあ、海苔企画の方も」

「いや、そっちは何とかなるかな。海苔となると、『手伝おう』と言ってくれる人は多くてな。この街の歴史そのものだから。郷土史の先生も呼んで、年配の人に海苔の加工を一部再現してもらうことになってる。アマクサやアオサという海藻が、海苔という食品になるまでの工程だよ。子供達にとっては、初めて見る光景だろうな」

海苔の加工か。昔は当たり前の光景だったに違いない。

「じゃあ、それ、辰ばあちゃんに言っとかないと。昔の光景が再現されるなら、辰ばあちゃん、来てくれるような気が」

「その点なら、大丈夫。吉崎姉さんからテーラー衣ちゃん経由で、既に話がいってる。辰ばあちゃん、浩一くん、テーラー衣ちゃん、三人で来てくれるらしいから」

胸をなで下ろした。と同時に、驚いた。

辰ばあちゃん達が来てくれるかどうか——ずっと気になっていたのだ。だが、それが、当日を待たずして解決している。改めて、先輩の顔を見つめた。単なる思いつきが、先輩の手にかかると、次から次へと企画の形をなしていく。自分にはとても真似《まね》ができない。

「なんだ、俺の顔に何か付いてるか」

「いや、その……もう仕上がったも同然だなと思って」

「馬鹿いえ。詰めなきゃならないことは、まだまだ、山のように残ってるんだ」

「修太さんのこと?」

「何、言ってんだ。修太は、たぶん、心配ない。どうのこうの言いつつ、最後には、うまくまとめてくる。もう、毎度のことだから。俺が心配してるのは、おまえの方なんだぞ」

「私の方?」

「ペンギントレーニングは、半ば、成り行きまかせ。どうなんだ? いくらペンギンビーチを準備しても、ペンギンが来れなければ意味が無い」

「それは、何とかなるかと。一昨日、海洋プールの前まで行けましたから。明日は、海に入ることにトライ。で、来週、本番向けのトレーニングをしようかと。管理部のアルバイトさん達に集まってもらおうと思ってるんです。大勢の見学者に慣れることも必要ですから」

「じゃあ、裏の目論見の方は? おまえのキテレツな計画『フン、プシュー ッ』は、どうなってる？　まあ、できなくても、構わないけどな」

「それは」

言葉に詰まった。

「取りあえず……銀シロを第一候補、赤緑を第二候補にして、トレーニングを始めてみたんです。二羽はいつも張り合ってるし、一緒にトレーニングすればちょうどいいかなと。それに、この二羽の『プシューッ』は格別。他のペンギンのより、よく飛ぶんです。けど、実際にトレーニングを始めると……その、なかなか」

言葉を濁した。

先輩は軽くうなって、眉間に皺を寄せる。何やら考え込み始めた。が、何か思い当たることがあったらしい。「知ってるか」と言った。

「実は、ペンギンって、腹圧が高いんだ。ヒトの数倍って説もある。だから、よく飛ぶ。けど、問題は腹圧だけじゃない。角度だ」

「あの、何の話？」

「プシューッの話に決まってるだろ。いいか。これは物理学的なテーマなんだ。どこまで物が飛ぶか。空気抵抗を除けば、これは初速と角度で決まる。初速は腹圧でほぼ決まるだろう。著しい個体差は考えにくい。となると、問題は角度だ。角度が適切であれば、軌道はいい感じの放物線を描く。その結果、よく飛ぶ」

瞬きしつつ、先輩の顔を見つめた。まじめな顔して、変なことを言い出している。大丈夫か、先輩は。

「ペンギンは、プシューッの直前、尾羽を少し上げるだろ。腰全体を浮かせ気味にして、軽くお辞儀をするような格好になるんだ。銀シロと赤緑は、この仕草が他のペンギンよりも大きいのかもしれない。で、ちょうどいい具合に角度がついた」

先輩は腰を突き出し、プシューッの仕草を実演してみせた。思わず、笑ってしまいそうになる。だが、ここは、こらえなくてはならない。

先輩はまじめな顔付きで姿勢を元に戻した。

「ということは、だ。この二羽を観察していれば、直前に察知できるかもしれない。その瞬間にサインを出せば……いや、待てよ。二羽だけ違うということは……独自の前兆があるのかもしれないな。その仕草や格好が分かれば……」

先輩は真剣な口調で、ペンギンのプシューッについて語り続けている。なんだか、おかしい。思わず、こらえていた笑いが漏れ出た。

「おい。なに、笑ってんだ」

「いや、息が漏れ出ただけ……かな」

「いいか。心配事は他にもあるんだ」

先輩は真っ赤になって、自分からタブレットを奪い取る。そして、画面を再び浜辺の地図へ。海洋プールの沖合辺りを指さした。

「ペンギンを海洋プールで遊泳させるのはいい。けど、問題はある。沖に張ってるネットを越えて、ペンギンが外に出てしまったら、どうするんだ」

　そこまでは考えていなかった。しかし。

「あのネットを越えることは無いかと。ポーポイジングしても、あの高さは出ないと思いますし」

「じゃあ、帰る時は？　ペンギンビーチから帰る時刻になっても、沖から戻ってこない。それは十分ありうるぞ」

「それは」

　再び言葉に詰まる。

　先輩は「そこでだな」と言い、なぜか、胸を張った。

「昨日、考えたんだ。今、プールにいるニッコリーに、もう一度、海洋プールへと出てもらったら、どうかなって。で、一働きしてもらう。牧羊犬になってもらうんだ」

「は？」

　先輩はまた変なことを言い始めた。

「ニッコリーに見張り役をしてもらうんだよ。沖に出すぎないように。で、戻る時には、ペンギンを浜へ追ってもらう。まさしく、牧羊犬の仕事だろ」

「いいアイデアだとは思いますけど……今からでは無理ですよ。これからニッコリーにトレーニングなんて」

「大丈夫。実は、俺がイルカプールにいた頃、結構、やってた」

「やってた？」

「ペンギンをイルカプールで遊ばせることがあるだろ。すると、いつまでも泳いでて、プールサイドに戻ってこないペンギンがいるんだ。そんな時、ニッコリーにプールサイドへ追ってもらってた。もっとも、どんなサインだったのかは思い出せない。昔のノートに書いてあるはずなんだけど」

「分かりました。そのノート、探してみます。それから、吉崎姉さんと相談して……」

「いや、姉さんとおまえには、ペンギントレーニングに集中してもらわなくちゃならない。ここは俺に任せとけ」

「先輩に？　無理ですよ。もう何年、現場に出てないんですか」

「馬鹿言うな。イルカトレーニングを、おまえに教えたのは誰だと思ってるんだ。俺だぞ。まだ腕はおとろえてない。ちょっと、このタブレットを持ってろ。これから見せてやるから」

差し出されたタブレットを受け取る。

先輩は腕まくりして、足をプールサイドへ。すぐに、ニッコリーがやってきた。大喜びで身を振り、先輩を見上げる。

おひさしぶりィ、お兄さん。何、やる？

「前方宙返りジャンプ。好きだろ、ニッコリー」

先輩は「いくぞ」と言って、サインを出した。だが、どうにも、ぎこちない。ニッコリーは見上げたまま、怪訝そうに身を振っている。

何してんの？　変なカッコ。

「おとろえてますよ、先輩」

先輩はまたまた真っ赤になった。手を口へとやり、おもむろに咳払いする。こちらへと振り向き、他人事のように「まあな」と言った。

「ニッコリーも、もっと、俺に慣れないといけないな。そのためのトレーニングが必要かも。まあ、俺自身もだけどな」

なに、それ。

もう、こらえられない。由香は噴き出し、思い切り笑い転げた。

3

本日は感謝祭企画の日。澄みわたった青空には、いわし雲。秋らしい穏やかな天候になっている。だが、自分の額には汗。止まらない。

由香は深呼吸を繰り返した。目の前には正面玄関の門がある。

背中へと手をやった。小旗と給餌バケツを手に取り、門の上へと置く。本日、幸いにして、多くの常連さん達がこの感謝祭企画に来てくれた。想定以上の来場者だと言っていい。そのせいもあって、辰ばあちゃん達の姿は、まだ確認できていない。

「来てくれてるといいんだけど」

胸元から企画書類を取り出した。これからの段取りを確認せねばならない。書類を見ながら、手順を思い返してみた。今日は実に忙しい。

「予定通りに進めなきゃ」

先程まで、自分は館内企画の席にいた。

その企画とは、もちろん、『切り身は泳がない』企画のこと。修太さんはハリセンをはたき、ノリノリで講釈する。会場は大盛り上がりになった。しかし、自分はペンギンビーチの準備をせねばならない。途中でこっそり抜け出し、足をペンギン舎へ。

ペンギン舎では、まずペンギン達の体調を確認した。

問題は無い。いつものようにペンギン舎を出て、お散歩コースへと出た。先導隊、付和雷同隊その一、その二——ペンギン達は本番の雰囲気を感じ取っているらしい。いつもよりも騒がしく、すぐコースから外れそうになってしまう。だが、なんとか正面玄関へ。かくして今、ペンギン達は門際でワラワラとしている。

最後尾で、吉崎姉さんが言った。

「迷子無し。もう、いつスタートしてもええよ」

本日の見守り役は姉さんが担当する。もちろん、自分は引率役。浜へと向いた。既に浜には大勢の常連さん達の姿がある。張られたロープの外側を、ペンギンビーチへと向かっているのだ。

そろそろ行かなくてはならない。

手を門の上へ。給餌バケツを手に取った。次いで、小旗を手に取る。

『ペンギンビーチへGO!』

背中に小旗を差し込み、その柄に給餌バケツを掛けた。準備は完了。胸の中でつぶやいた。さあ、付いておいで。安心だから。安全だから。

「では、皆、行くよ」

いざ、出発。足を浜辺へ。手を振った。足を上げる。タッタカ、タッタッタ—。潮風で小旗が揺らめいた。この程度なら問題はない。ただ、気にかかる。ちゃんと、ついて来てくれているのかどうか。そんな思いが手足の動きに出ていたらしい。

背後から姉さんの声が飛んできた。

「大丈夫や、大丈夫。みな、付いていっとるで」

もう、ためらわない。

手を振って前へ。足を上げて前へ。その先には、ヒヨロの姿があった。今日のヒヨロは特別な役目を務めている。いわば、先払い役。常連さん達に注意を促してくれているのだ。

「皆さぁん、マゼランペンギンって臆病なんですぅ。ゆっくり動いて下さぁい。ああ、ロングスカートの人。すみません、見学エリアでは裾を押さえてて。ヒラヒラすると、びっくりするかもです」

きちんと伝えてくれている。だが、余計なことも言った。

「ペンギンを引率してる人、変な人じゃないんですぅ。アクアパークのスタッフ。笑わないで下さぁい」

ほっとけ。

もう恥も外聞もあるものか。衆人環視の中であろうと、ペンギン達を引率するのみ。手を振り、足を上げ、砂浜を行く。タッタカ、タッタッタッター。前へ。恥ずかしくても前へ。ただただ、この砂浜を……。

「ストップ、ストップ」

またまた、姉さんの声が飛んできた。

「どこまで行く気なん？　もう海洋プールの前やで」

慌てて、足を止める。

確かに、既に海洋プール前まで来ていた。右側へと目をやる。ロープの外には、大勢の人達が集まっていた。その中には、歩行器をイスへと代え、座っている辰ばあちゃんの姿がある。その隣には浩一くん。そして、その背にはテーラー衣ちゃん。来てくれたんだ。

左側へと目をやる。海洋プールの沖合にボートが見えた。乗っているのは先輩だ。その傍らにはニッコリー。両者とも、既にスタンバイしていた。

全ての状況は整っている。

まずは、手を背中へ。小旗と給餌バケツを手に取った。小旗は輪ゴムで留め、浜へと立てる。給餌バケツは袋に入れて、吉崎姉さんへと手渡した。もう、引率サインは不要。これより、自由行動タイムが始まる。

「皆さん、お待たせしました。アクアパーク初の試み、ペンギンビーチです。ペンギン舎よりお散歩をして、この浜へとやって来ました。普段は見られない行動の数々、何卒ご覧下さい」

次いで、目を足元へ。

「皆、好きに行動して」

むろん、『好きに行動して』なんてサインは無い。もともと勝手バラバラに行動するのがペンギンなのだから。もはや、浜辺は未知の世界ではない。幾度ものトレーニングによって、ペンギン達は十分に慣れている。

何羽かのペンギンが波打ち際へ向かっていった。波と戯れ始める。その半数は海へと入っていった。そして、あちこちを泳ぎ回り始める。こうなれば、普段は目立たないペンギンも大活躍するのだ。意外な一面を見せてくれる。

付和雷同隊の一員、茶黄グレーも、そんなペンギンだと言っていい。

ペンギン舎での茶黄グレーは全く目立たない。何事においても、まずは様子見。大勢が決まってから動く。だが、海へと出れば、一変してしまうのだ。他のペンギンのことなど、お構いなし。真っ先に泳ぎだし、もう止まらなくなる。

それは今日も変わらない。

茶黄グレーは猛スピードで海を泳ぎ回っていた。時折、水中から飛び出し、海面スレスレを飛ぶ。ポーポイジングだ。とんでもない距離が出ていた。そんな茶黄グレーに触発されたらしい。他のペンギン達もポーポイジングをし始めた。浅瀬から沖へ、右へ左へ。海洋プールのあちらこちらで、ペンギンが乱れ飛ぶ。

「ご覧下さい。ペンギンは飛ぶんです。超低空飛行ですけど」

見学エリアで声が上がる。

それとなく、浩一くんの様子を観察した。まだ『興味を持った』という程度のようだ。だが、問題は無い。ペンギンビーチは、まだ、始まったばかりなのだから。

「飛ぶだけではありません」

実のところ、のんびり泳いでいるペンギンも多いのだ。そして、時折、だみ声のような鳴き声を上げる。「あー」とも「おー」とも聞こえる独特な鳴き声。そんな鳴き声があちらこちらで上がっていた。ペンギン舎でもよくある光景だと言っていい。だが、同じ光景でも、海でとなると、随分と印象が変わってくる。

「海でのペンギンなんて初めて――そんな方が大半だと思います。なのに、どこかで見たような……そうです、身近な池や川辺での光景ですよね。小池でカモがのんびり。そんな光景にそっくりです。当然と言えば、当然。ペンギンは、まさしく『水鳥』であり、『海鳥』なんです」

――ペンギンは鳥なんやで。

そう吉崎姉さんに言われてから、ずっと考えていた。生物学の分類上、ペンギンは、まぎれもなく、鳥類だ。だが、世間のイメージによる『分類』は、どうだろう。

誰もペンギンを『水鳥』や『海鳥』に入れようとしない。しかも、そのことについて、何の疑問も持っていない。そこで思ったのだ。じゃあ、入れようじゃないか。断言しよう。ペンギンは『水鳥』であり、『海鳥』なんだと。

「では、もう少し、詳しくペンギンの行動を見ていきましょう。まずは、浜辺にいるペンギン達の様子、どうぞ、ご覧下さい」

浜のペンギン達は、思い思いの行動を取っていた。よくある光景なのだが、広い浜ならではのインパクトがある。なにしろ本当に勝手バラバラなのだから――日向《ひなた》ぼっこをするペンギン、羽繕いをするペンギン、立ち尽くすペンギン。足元の貝殻に執着しているペンギン。波と戯れるペンギン。浅瀬に入っては浜へと戻る謎の行動を繰り返すペンギン……。

「いかがでしょう。この見事なまでの統一感の無さ。群れてはいますが、群れとしてまとまった行動はほとんど取りません。協力関係は、せいぜい、ペアの間柄まででしょうか。親子関係もあまり残りません。雛《ひな》が大人になってしまえば、もうライバル同然です」

話しつつ、浜に立てた小旗へ手をやる。

「ただし、命にかかわるようなこと――危険を感じれば別です。そろって逃げ出します。けれど、『群れとして整然と逃げる』と言うより、『我も、我も』といった感じです。

しょうか」

話を続けつつ、小旗の輪ゴムを取り外した。普段なら巻き込んでいる部分も含め、旗全体を広げていく。

「ペンギンが逃げ出す——そんなの、想像できないな。そんな方もいらっしゃるのではないでしょうか。だって、のんびりしてて、ほのぼのですから。でも」

話を途中で止め、思い切り旗を振った。旗は波打ち、大きな音を立てる。パタ、パタ、パタ。そのとたん、浜のペンギン達が一斉に動きを止めた。ピタッ。警戒はしているが、怯えてはいない。この程度なら問題ない。

「ご覧下さいましたか。パタパタでピタッ。ペンギン達は警戒しました。温帯に棲むペンギンって、結構、臆病なんです。温帯とは天敵が多いところ。そこで生きていくためには、臆病であることが必要となってきますから」

旗を巻き戻し、再び輪ゴムで止めた。浜に立て直すと、ペンギン達は警戒を解いたらしい。また、思い思いに行動し始めた。

「そろって動き出す場面は、もう一つあります。同じく命にかかわること——食べることです。食事の時も『我も、我も』です。改めて、ご覧いただきましょう。でも、まずは、沖にいるペンギン達に戻ってもらわないと。少々お待ちを」

目を海の方へと向ける。

沖のボートに向かい、大きく手を振った。「お願いします」と声を張り上げる。ボートの上で先輩が手を振り返してきた。これは「了解」の合図。これより、『牧羊犬ニッコリー』の仕事が始まるのだが。

本当に、うまくいくのだろうか。

先輩はニッコリーに向かってサインを出した。ニッコリーは嬉々《きき》として、ペンギン達を追い始める。泳いでいたペンギン達は大慌て。こうなると、早い、早い。次から次へと、浜へ帰ってくる。あっという間に、全羽集合とあいなった。

さすが、ニッコリー。いや、さすが、先輩、ということにしておこう。

「皆、そろったようですね。では、食事タイム」

そう言って、姉さんの方へと目を向けた。

姉さんがうなずく。袋から給餌バケツを取り出し、ペンギン達に向かって掲げた。

「食事でっせ」と言いつつ、バケツを軽く叩く。浜にいたペンギン達が、一斉に姉さんの足元へと寄ってきた。上陸したばかりのペンギン達も、それに続く。

「ご覧の通り、順番待ちなんてしません。『我も、我も』です。生きていくには欠かせないことですから。でも、スタッフ側は大変です」

姉さんはスナップをきかせ、ペンギン達へイカナゴを投げていく。

「まず、押し寄せるペンギンを素早く見分けなくてはなりません。

ギンにどのくらいあげたのか、覚えていなくてはなりません。この二つは必須。そうでなければ、数多くのペンギンは担当できません」

こうしている間にも、赤緑と銀シロは争っている。

――ちょっと、ウチのイカナゴ、返しィな。

――知らね。オレのイカナゴ。

「ペンギンの給餌って、てんやわんやなんです。でも、給餌が終わると、再び、のんびり。勝手気ままな行動に戻ります。そのことは、浜辺であっても、ペンギン舎であっても、変わりません」

見学エリアで、小さな笑い。大人の人達は「ゲンキンだねえ」なんて言いつつ、うなずいている。一方、浩一くんはと言えば……大きな変化は無し。興味を失っているわけではないが、さりとて、食いついているわけでもない。しかし、がっかりなんてしない。浩一くん向けの企画は、このあとにある。

「普段は『勝手バラバラ』でのんびり。重大事には『我も、我も』で一斉に動く。これに加えて、ペアの間では仲睦《むつ》まじく助け合い。はたして、目の前の光景はどれに近いのか。生き物ペンギンの姿、たっぷりとご覧下さい」

いったん、自由行動タイムへと戻した。だが、ただ自由にやらせているだけではない。その時が来るのを待っている。その時とは何か――決まってる、プシューッの瞬間だ。

　実のところ、計算し尽くした上で、ここに来ている。

　まずは、消化に関する時間だ。逆算して、既にペンギン舎で給餌をしてある。更に、その時の状況も大切だ。おそらく勝手気ままにしている時の方がいい。観察を繰り返して統計を取り、そこに姉さんの勘を加えて、ベストタイミングを割り出した。もっとも、「一羽だけで確実に」なんてことは難しい。だが、これだけのペンギンがいれば、何とかなるはずなのだ。

　半ば祈りつつ、一羽一羽の動きをチェックしていった。前兆らしき仕草を見逃してはならない。分かるか分からないか、本当に微妙な仕草なのだから。一羽を見ては、また一羽。そして、また一羽。次の一羽……。

　視線を止めた。

　群れの端、ロープ際で突っ立っているペンギンがいる。何をするでもなく、妙に素知らぬ顔付きをしているのだ。この雰囲気は怪しい。そう思いつつ、見つめ続けた。するとそのペンギンは微妙に体を前へと傾け……。

「皆さん、ほら、あれーっ」

　指さした瞬間に、プシューッ。見事に飛んだ。よくぞ、やってくれた。誰だ、君は。赤白ピンクか。でかした。

「思い切り飛びました。これがペンギンのフン。ああ、まどろっこしい。もっと日常的な言葉で言いましょう。ペンギンのうんち、それに、おしっこ。今、私、二つ一緒に言いましたね。なぜ？　理由があるんです。ペンギン、いえ、鳥には出すところが一箇所しかない。今、ご覧になったのは、うんちでもあり、おしっこでもあり。だから、一緒に言いました」

あ、くいついてきた。

浩一くんが目を輝かせている。ああ、教えてほしい。子供って、どうして、この単語に反応するのだろう。もっとも、子供だけではない。

話しているうちに、自分も乗ってきた。

「下世話な話？　とんでもない。専門用語ではイクスクレトリーシステム。生き物、特に動物にとっては根本に関わる話なんです。動物は生きていくためのエネルギーを外部から取り込まねばなりません。これが食事という行為。必須ですよね」

爽やかな秋風が吹いている。話の内容は爽やかではないのだが。

「でも、そのあとに、どうしても不要物が出ちゃいます。この不要物、体の毒となる場合もありまして、それをどう捨てていくか。この方法を巡って、生き物はいろんな進化をしてきました。進化の歴史の一大要素と言ってもいいんです」

いったん、言葉を区切って、浜を見回した。もう赤白ピンクだけではない。浜のあちらこちらで『プシューッ』が起こっている。

「この光景、苦い思い出がある人も多いのでは？　鳥は頻繁にフンをします。もう掃除が大変。でも、そこは何卒お許しを。仕方ないんです。なぜって……鳥は空を飛びますから」

見学の人達はそろって怪訝な表情を浮かべた。無理も無い。『空を飛ぶこと』と『頻繁にフン』――何の関係があるのかってところだろう。だが、大アリなのだ。よくよく考えてみれば、当たり前の話なのだが。

「空を飛ぶからには、少しでも体を軽くしておきたい。そのためには、余計な物を体にためこんでおきたくない。だから、体の外へと、すぐにポイ。おしっこだって同じことです。そもそも『おしっこ』なんていう液体の形で、体の中にためたりしません。ちょいと人間とは違う仕組みで、おしっこ成分みたいな塊を作っちゃいます。固めて、うんちと一緒にポイ」

浩一くんは、食い入るような眼差《まなざ》しで、浜の光景を見ていた。どこまで理解してくれているのかは分からない。しかし、少なくとも今、生き物ペンギンの姿を見ようとしてくれている。

「じゃあ、ペンギンって、固体のおしっこをするの？　そうです。固体のおしっこをするんです。実は、この固体、白い色をしています。だから、ペンギンのフン、いや、鳥のフンって白く見える。現在のペンギンは他の鳥のようには飛べませんが、体の基本的な仕組みは変わりません」

浜でのプシューの痕跡を指さしていった。「ほら、白っぽい」なんて言いながら。ほら、あそこも白です、ここも白です。当然ですよね、鳥ですから。

「実は、ペンギンの祖先は空を飛んでいた——そんな学説があります。これが正しいとするならば、ペンギンは飛べないのではありません。飛ぶ場所を変えただけ。空から海へと。だから、泳ぐ姿は飛ぶ姿にそっくりでして……」

途中で言葉をのみ込んだ。

銀シロが所在なさげにヨタヨタと歩き回っている。別に珍しい行動ではないが、ヨタヨタのわりに、妙に周りを見回しているのだ。銀シロの場合、高い確率で、このあと例のものがくる。

「銀シロ」

ロープの手前、浩一くんの前辺りを、ゆっくり指さした。これは『指差された所へ移動』のサイン。普段、姉さんが使ってるものを転用した。成功率は七割くらいか。通じるサインだと言っていい。

「これ」

次いで、両手両足を広げて腰を落とし、拳を握った。俗に言う『ふんばるポーズ』。

これはプシューッの自作サインなのだ。全身を使って判別しやすいサインを考えてみた。今のところ、成功率は高くない。だが、うまくいけば、浩一くんの脳裏に焼き付くこと、間違いない。

さあ、銀シロ。君の出番だ。見せつけてやれ。

「銀シロ、行って」

サイン通り、銀シロはロープ際へ。が、そこには、既に、永遠のライバル赤緑がいた。赤緑は「お先に」とばかりにプシューッ。

これが銀シロの心に火を付けた。負けじとばかりに進んでいく。そして、指さした場所を越え、浩一くんの目の前まで行ってしまった。そして、ヨタヨタと方向転換。くちばしがこちらを向く。となれば、お尻は浩一くんに向かっているわけで……。

近すぎる。

「銀シロ、その距離はだめっ」

プシューッ。

銀シロのフンはよく飛ぶ。今回もよく飛んだ。もう、見せつけるどころではない。しっかり浩一くんの足元にかかってしまった。が、銀シロはすっきりした様子でトコトコ。素知らぬ顔で横を向く。

――オレ、知らね。

赤緑も横を向いた。

――ウチも知らんで。

こんな時に限って、二羽そろって、仲良くトコトコ。現場から去っていく。

自分はそういうわけにはいかない。

「浩一くん、大丈夫っ？」

ロープ際へと駆けよった。

浩一くんは表情を硬くしている。もう興味津々といった眼差しではない。驚愕《きょうがく》の眼差しになっていた。足元を見つめたまま、動こうとしない。いや、動けなくなってしまっている。

辰ばあちゃんが言った。

「浩一、口に入れるんじゃないよ」

その言葉で、我に返ったらしい。浩一くんはゆっくりと顔を上げ、辰ばあちゃんの方へと向く。「大ばあちゃん」と言った。

「これって、うんち？」

「ああ、そうさ。鳥のうんちって、そういうもんなんだよ」

「ゆるゆる。白いの、まじってる」

「その白いのが、おしっこってことだねえ」

辰ばあちゃんは目を細め、空を見上げた。青く澄みわたる秋空。海鳥達があちらこちらを舞っている。

「昔は、桟橋に海鳥がいっぱいやって来てねえ。すぐに桟橋が白くなっちまうんだ。こびりつくと、大変なんだよ。その掃除当番の取りまとめ役が大ばあちゃん。でも、皆、さぼりたがる。まあ、私自身、さぼりたかったけどね」

辰ばあちゃんは苦笑いし、顔を戻した。

「鳥は変わらないんだねえ」

浩一くんは黙って話を聞いていた。そして、指先を足元へとやる。その指先でフンをすくい上げ、目の前へ。至近距離で、まじまじと見つめた。本当に口に入れてしまいそうだ。そんなことになれば大変ではないか。

慌てて、ポケットからハンカチを取り出した。

「浩一くん、待って。今、お姉ちゃんが拭いてあげる」

「いいんですよ、嶋さん。そんな綺麗《きれい》なハンカチ、しまって下さいな」

今度はテーラー衣ちゃんだった。

衣ちゃんはバッグからティッシュを取り出し、それを浩一くんの指先へとやる。手際よく拭き取っていった。次いで、足元へ。同じように拭き取っていく。そして、そのティッシュを、手元のゴミ袋へとポイ。

もう謝るしかない。三人に向かって、深々と頭を下げた。

「申し訳ありません。アクアパークにはスタッフ用のシャワー室があるんです。男の子用の着替えも幾つか置いてます。今、うちのスタッフがご案内しますので」

「嶋さん、大げさだねえ。顔を上げておくれ」

言葉に甘えて、顔を上げた。

辰ばあちゃんはあきれたような表情を浮かべている。

「たった今、説明してたじゃないか。何も特別なモンじゃない。ようするに、魚を食べる鳥のフンってことだろ」

「そう、そう」

衣ちゃんが割って入ってきた。

「それも、したばかりのフン。それをかけられただけでしょ」

「気になるなら、海の水で」

「ジャバジャバって、洗えばいいんですよ。それでおしまい」

なんなんだ、この掛け合いみたいな会話は。

半ばあきれつつ、二人を見つめた。

すれ違いはあったかもしれない。それが大きくなってしまったのは事実だろう。だが、そんなものなど、何かのきっかけで、すぐに消える。いや、今、消えた。この二人は、間違いなく、同じ血を引いている。代々受け継がれてきた網元の血を。

「ほな、ちょうどいい頃合いってことで」

背後から声が聞こえてきた。吉崎姉さんか。

「そろそろ、次の企画へと行きましょか」

慌てて、振り向く。

姉さんは給餌バケツを胸元に抱え、足元にペンギン達を集めていた。そして、アクアパークの方へと向き、匂いをかぐ仕草をする。

「いい香りが漂ってきましたわ。この香りは、もちろん、焼き海苔の香り。館内に戻って、最上級の海苔を堪能してもらいましょ。ちゅうことで、ペンギンビーチはここまで。これにて、お開きに」

「あの、もう？」

思わず声が出た。まだ時間に余裕はあるはず。苦心惨憺して仕上げたペンギンビーチなのだ。もう少し長くてもいい。

が、姉さんは淡々と言った。

「携帯の方に連絡あったから。海苔企画の準備、完了したんやて。それに、『もう』って言われても……そんなに、集中力、続かへんからねえ。ペンギンは鳥やし。まあ、うちの集中力も続けへんねんけど」

姉さんは常連さんの方へと向いた。

「帰りは嶋やのうて、私がペンギンを引率しますんで。ペンギン達のお散歩を見ながら、館内へどうぞ。ただし、歩く時はゆっくりと。ペンギンが驚くような急な動作は無しってことで」

もう従うしかない。

先程の位置へと戻り、小旗を引き抜いた。それを持って姉さんの元へ。「あの、これ」と言いつつ、差し出した。姉さんが引率役ならば、小旗は渡さねばならない。が、姉さんは即座に言った。

「いらん、いらん。あんたみたいなこと、でけへんわ」

そして、給餌バケツを軽く叩き、ペンギン達へとアピール。背を向けて、アクアパークへと向かっていく。行進スタイルではない。ただ、給餌バケツを持って歩いているだけだ。だが、ペンギン達は、何のためらいもなく、姉さんに付いていく。自分が引率した時よりもスムーズではないか。

「どうしてっ。サインは無し。しかも、普通の格好なのに」

「どうしてって言われても」

姉さんは立ち止まり、振り返った。困惑したように頭をかく。そして、あっけらかんと言った。

「シンプル、イズ、ベスト。ペンギンは鳥やから。『凝らんほうがええ』と言うたと思うけどねえ。『いろいろ考えても、通用するかどうか分かへん』ともねえ」

「確かに、それは……聞きました」

「ああ、それと、プシューッのサインもな。ほとんど通じてないと思うで。あんなもん、状況とタイミング次第。たまたまや」

「じゃあ、トレーニング中に、止めてくれても」

「そういうわけにはいかんやろ」

姉さんは、また、あっけらかんと言った。

「やらせた方が、おもしろいやん。ウチがちょっと言うだけで、あんた、十倍ぐらい変なことやり出すし。『そこまでせんでも』とは思うたけどな、別に間違《まち》ごうとるわけやない。止められへんわねえ。まあ、ええんと違うか。あんたの努力のおかげで、ペンギン達、早よう慣れたんやろうからな」

姉さんは肩をすくめて、常連さんの方を見やる。そして、手のひらをアクアパークへ。案内人形よろしく小首を傾《かし》げた。

「ほな、皆さん、ご一緒に」

常連さん達は大笑い。

自分は真っ赤になりつつ、目をロープ際へ。辰ばあちゃんも笑っていた。笑いながら立ち上がり、腰を払って、歩行器を折りたたむ。それを衣ちゃんへと託した。

「さあ、行こうかね」

以前、庭先で耳にした口調とは違っている。晴れ晴れとした口調だった。

「あたし達ァ、ずっと、海苔を本業としてやってきたんだ。どこ産の海苔なのか、そのくらいは当てなくちゃね」

「あの、ばあちゃん、歩行器は？」

辰ばあちゃんも肩をすくめた。

「嶋さんを見てると、思い悩んでるのが馬鹿馬鹿しくなってねえ。年だろうがなんだろうが……今やれることを、やれるだけ全力でやる。人生、それでなきゃね」

そう言うと、砂浜をスタスタ。浩一くんが続く。テーラー衣ちゃんも続く。その他の常連さん達は忍び笑い。同じように移動し始めた。皆そろってアクアパークへ。もちろん、ペンギン達は姉さんの背を追っている。

「なんで、こうなんの」

ため息をついた。

それと同時に、大きな水音がする。慌てて、海へと目をやった。ニッコリーが大はしゃぎしている。海洋プールの真ん中で前方宙返りをしていた。

海洋プール、独り占め。ひゃっほう。

二度目のため息をついた。

その瞬間、今度は胸元で携帯が鳴る。慌てて、手を胸元へとやった。電話は先輩から。ボート内で立ち上がっている。「行け」とばかりに腕を振っていた。

「おまえも、あとを追わないと。このあと、海苔企画の手伝いがあるんだろ。浜の片付けは俺とヒヨロでやっとくから。ああ、ニッコリーのことは任せてくれ。うまくやっとく。だから、早く行け」

そうだった。急がねば。

携帯を切って、浜の先へと目をやる。ペンギン達の群れが見えていた。だが、その最後尾で、二羽、逸脱しかけている。パステル兄弟か。どうやら、浜でカニを見つけ、夢中になっているらしい。

「見守り役、やらないと」

下腹に力を込める。由香はペンギン達に向かって駆け出した。

エピローグ

玄関で鍵の音がする。先輩が帰ってきたらしい。

由香は整理中の写真を箱へ戻した。声を張り上げる。

「おかえりなさぁい」

リビングを出て、玄関先へ。先輩は狭い土間で靴を脱いでいた。そして、顔を上げる。意外そうな表情を浮かべた。

「なんだ、寝てないのか」

なんとも素っ気ない言葉ではないか。この部屋で初めて出迎えた時は、照れくさそうにしていた。あの初々しさは、いったい、どこへ行ったんだ。

「寝てるわけないですよ。まだ八時なんですから」

「そういう意味じゃない。朝方、体調、悪かったろ。お医者さん、行ったのか」

「ああ、そっちの方」

苦笑いが漏れ出た。

「行ったんですけど……ほら、この通り。元気いっぱい。でも、少し肩が凝ったかな。普段できないことを、ずっとやってたから」

「普段できないこと？」

先輩は怪訝そうな表情で、リビングへと入った。床上の写真箱に目をとめる。納得したように、うなずいた。

「五、六年間分はありそうだな。アクアパークに入館してから今までの写真か。恥ずかしい出来事を、一つ一つ、反省していたってわけだ」

「恥ずかしい出来事？　そんなの、無い……いや、まあ、少しぐらいはあるかな」

「少しじゃないだろ」

先輩は苦笑いした。だが、すぐに何か思い出したらしい。表情を元に戻し、自分の方へと向く。「ちょうどいい」と言った。

「あとで、ちょっと、手伝ってくれないか。あの中から、資料に使える写真を選びたいんだ。そうだな……『クラゲ観察水槽』とか、『ペンギンビーチ』とか辺りかな」

よりによって、その辺りの写真か。恥ずかしい。

「あの、資料って……何の資料？」

「来週、関東圏の水族館交流会があるんだよ。その資料に使えればと思ってな。テーマは『一般向けの学習プログラム』。と言っても、プログラムの内容は問題じゃない。

問題は『その参加者が、どう変わったか』だ」

言葉の趣旨がよく分からない。黙って先輩を見つめる。

先輩は「たとえば」と言った。

「ミユかな。ミズクラゲについては、修太より詳しくなってる。水槽の扱いも手慣れたもんだ。おまけに、最近、友達の前で、クラゲについて一席ぶったらしい。エフィラの小瓶を持ち込んで、ハチマキとハリセン。修太みたいにな」

「あの、どこで？」

「学校の教室で、だよ。ホームルームの時間だったのかな。予定外のことで、先生は大慌て。だけど、大盛り上がり。それ以来、学校ではクラゲブームになってるらしい。けど、ただのブームじゃない。質が高い」

「質が高い？」

「ミユ自身が体験して感じ取った生態——それを踏まえて、盛り上がってるんだから。子供達は、皆、クラゲがどんな生き物か分かってる。その上で、夢中になってるんだ」

先輩は頬をほころばせて、自分の方を見る。

「ちょっと、嬉しくなってくる話だろ」

うなずいた。だが。

「でも、それって、ミユちゃんだからなんじゃ」

「でもない。最近の事例で言えば、浩一くん。辰ばあちゃんから聞いた。最近の愛読書は『海の生き物図鑑』なんだそうだ。それを見ながら、スケッチしてる。将来の夢は『生き物ハカセ』。もっとも、アニメの方が好きってことは、変わらないみたいだけどな」

浜辺での光景が頭に浮かんできた。

あの時、浩一くんは銀シロのフンを指先ですくい取った。そして、目を丸くしていた。今なら、間違いなく言える。あれは……『初めての世界』への眼差しだった。

「こういった事例を持ち寄って、情報交換しようってことになってるんだ。お堅く言えば――一般の人達に対して『水族館はどこまで働きかけできるか』――そんな感じのテーマだよ。水族館の企画担当にとっては、まさしく原点だろ」

「おもしろそうですけど……難しい話し合いになりそうですねえ」

「まあな。それに、この手のテーマは、すぐに抽象的になって、論点がぼやけてしまう。だから『なるべく具体的な事例をベースに』ってことになってな」

なるほど。それで、この写真か。

「どれもこれも、些細なことだよ。と同時に、大切なことでもある。少しずつだけど、変わってきてると思うんだ。俺達がやってることは無駄じゃない」

先輩は真剣な表情で写真箱を見つめていた。が、ほどなく、笑うかのように息を漏らし、表情を緩める。「その一方で」とつぶやいた。

「企画する側の俺達は、相も変わらず、なんだけどな」

「それはありますすねえ」

二人そろって、苦笑いした。

「まあ、こんなことを話してると、きりがないな。取りあえず、着替えて、食事にしよう。写真選びは、そのあとかな」

二人そろって、部屋隅のクローゼットへ。

先輩はスーツを脱いだ。自分はそれを受け取り、ブラシをかける。クローゼットへとしまい込んだ。二人とも、まだ、どことなく、ぎこちない。照れもある。だが、いずれは、慣れることだろう。

「そう、そう」

先輩がネクタイを緩めつつ、思いついたように言った。

「考えてくれたか。例の件?」

「例の件?」

「呼び方だよ。もう何だっていい。好きに呼んでくれ。ただ、さすがに、いまだに『先輩』は無いだろう?」

「ああ、そのこと」

先輩へと向き直った。

「決めました。取りあえず、しばらくは『先輩』のままで。もちろん、ずっとじゃないですよ。次の呼び方は決めましたから。それまでは今のままってことで」

「次の呼び方？　何だ、それ」

先輩はまた怪訝そうな表情を浮かべた。

なにやら、口にするのが恥ずかしい。だが、言わなくては。背伸びして、手を口に添えた。そして、先輩の耳元へ。

小声で言った。

「パパ……かなって」

「パパ？」

その瞬間、先輩は目を丸くした。視線が自分の方へと向かってくる。

「じゃあ、お医者さんに行ったのって……その、まさか」

「まあ、その……そういうことかな、と」

いきなり抱きしめられた。

胸の中で先輩の声を聞く。

「信じられないな。俺が父親か。五、六年前まで、自分には、一生、関係ないことだと思ってた」

「私も信じられないです。母親なんて。もう、嘘《うそ》みたいで」

「それはある」

先輩はいきなり口調を戻し、身を離した。自分の方を見る。

「おまえがママなんて、信じられない。能天気な暴走娘がママなんだぞ。いいのか。何かの間違いじゃないのか」

「ちょっと待った」

なんだ、その挑発的な物言いは。ここは反論しなくてはならない。

「そこは似たようなモンでしょ。無愛想な水族オタクがパパなんですよ。いいんですか。何かの間違いじゃないいんですかね」

「まあ、俺の方がマシだろ。お前の方が信じられない」

「いや、私の方がマシです。先輩の方が信じられない」

「いや、俺だって」

「いや、私だって」

互いに顔をしかめ合った。と、同時に噴き出した。もう笑いが止まらない。笑いすぎて息も絶え絶え。おなかを押さえ「ああ、くるし」と言った。

「先輩、私達、低レベルな争いしてますねえ」

「ま、俺達だからな。所詮、こんなもんだろ」

先輩と顔を見合わせる。

由香は再び梶と同時に噴き出した。

参考文献と参考企画

《参考文献》

『水族館学』（東海大学出版会）
『うみと水ぞく』及びメールマガジン（須磨海浜水族園）

《参考企画》

『クラゲドリームシアター』（加茂水族館）
『海月銀河』（海遊館）
『クラゲサイエンス』（新江ノ島水族館）

その他、多くの水族館、水族園の広報物、実施企画を参考にさせていただきました。

本書に登場する水族館は架空のものであり、実在はしません。しかしながら、五感に訴える展示を探求する水族館は幾つか実在し、時折、思いがけない光景に出会うことがあります。

アトア（https://atoa-kobe.jp/）

同館はいわゆる都市型水族館であり、本書に登場する水族館とは、やや趣を異にしています。メインは『劇場型』と題した視覚効果抜群の水槽展示。ですが、その一角に、キテレツとも言える展示が存在します。『香　Fragrance』なる名称の区画にて、ペンギンの『お尻の匂い』を嗅ぐことができるのです。
（かぐわしいものではない、とだけ申し上げておきます）

オシャレを志向する場にて『ペンギンのお尻』を嗅ぐ——極めてユニーク、かつ、刺激的な試みに感じられました。バランスとは、このようなことを指すのかもしれません。匂いを嗅いだ人は『生き物ペンギン』を意識せざるをえないでしょう。美化されたイメージに溺れることも、少なくなるのではないでしょうか。
（また、私個人としては、匂いを主軸とする展示は初めての経験でした。ご興味がおありの方はぜひ足をお運びになって下さい。ただし、同企画は既に終了している可能性があります。念のため）

水族の生態啓蒙《けいもう》に関する切り口は多様なものです。それに伴い、水族館を巡る議論も多岐にわたると言ってよいかと思います。とても一義のみにて語り尽くせるものではありません。以下は、その多様性を痛感させる書籍（インタビュー集）です。

『水族館人』（SAKANA　BOOKS／週刊つりニュース）

改めて、多くの人々が、それぞれの着眼点を持って、水族館を見つめていることに気づかされます。私もつたなき話しぶりながら、インタビューに答えさせていただきました。この場を借りて、ご案内させていただきます。

あとがき

本作は『水族館ガール』シリーズのスピンオフ的作品として書かれたものです。それゆえ、同シリーズをお読みになって、本作を手に取って下さった方が多いのではないでしょうか。

水族館ガールの最終巻では、私、あとがきにて『ご意見をお寄せ下さい』と記させていただきました。改めて、多くのご意見に御礼申し上げます。実に参考になりました。驚くほど細かくご覧になっている方も多く、誠にもって恐縮至極。

たとえば、題材に関しては、こんな具合です。

「二巻表紙のペンギンが、四巻の題材になってるぞ」

すみません。私の原稿が遅くて、四巻にズレ込んでしまったんです。

「四巻表紙のアシカが、六巻の題材になってるぞ」

すみません。また、ズレ込んでしまったんです。

「七巻表紙のクラゲが、最後まで出てこなかったんだけどな」

すみません。出そうと思っているうちに、物語が終わっちゃったんです——そう、終わっちゃったんです。題材をためるだけ、ため込んだ状態で。

お許し下さい。これは仕方ないことなのです。

水族館ガールは恋と成長の物語。主人公達の恋が成就して結婚まで至れば、もう続けようがありません。だから、「これにて、シリーズ完結。めでたし、めでたし。読者の皆様に感謝」――のつもりだったのです。しかし、世の中、そう甘くはない。

お叱りを受けることになりました。

「どうすんだ、この資料の山。燃やすか？」

「俺が教えてやったこと、どこに行ったんだ？」

「あんたが『どこにも書かないから教えて』って言ったから、教えてやったのに……ほんとに書かないなんてあるかっ」

と、まあ、こんな具合。「ごもっとも」の内容から「ご無体《むたい》な」の内容まで、お叱りの声が押し寄せてきて止まりません。そこで、おそるおそる、編集者の方にお伺いを立ててみることにしました。

――あのう、夢オチにして、結婚しなかったことにしていいですか。

「馬鹿なこと言うのは、やめてください」

そんなこんなで、スピンオフ的な機会を与えて下さることになりました。実業之日本社様に感謝いたします。ただ、作中の由香同様、私も記憶が曖昧になってきておりまして、どこまで取材内容を思い出せるやら。思い出せる限りはがんばりたい、と思っているのですが。


本作が決まってから、お世話になった元水族館スタッフの方に、ご報告にお伺いしました。すると、憐れむような目をなされまして、ひとことと。

「気楽にやんな」

はい？

「あんたに、水族館の存在意義なんて重いモン、無理なんだよ。もっと気楽にやりゃあいい。もともと、水族館って、そういうところなんだから」

分かりました。気楽にやることにします。


ここまでお読み下さった読者の皆様、ありがとうございました。今後とも気楽にお付き合い下されれば、幸甚です。

本宮条太郎

本書は書き下ろしです。
本作品はフィクションです。
実在の個人・団体とは一切関係ありません。（編集部）

実業之日本社文庫　最新刊

蒼山螢
後宮の炎王　参
国を揺るがす事件が二人を引き離す。瀕死の傷を負った嵐静は、翔啓に助けられるが…。中華後宮ファンタジー第3弾。友情を超えた愛、ついに最高の結末へ！
あ26 4

荒崎一海
刺客変幻　闇を斬る　二
「闇」の邪剣を撃つ孤高の剣！　直心影流団野道場の師範代で妻・雪江と暮らす鷹森真九郎は闇に命を狙われている――。大好評長編時代小説第二弾。
あ28 2

宇江佐真理
酒田さ行ぐさげ　日本橋人情横丁　新装版
お前ェも酒田に行くべ――日本橋の廻船問屋の番頭・栄助は同じ店で働いていた権助の出世に嫉妬の情が…名手が遺した傑作人情小説集。（解説・島内景二）
う2 4

草凪優
女風
女性用風俗（女風）を描く最旬小説。処女でプライドの高い女社長、アイドルグループの絶対的エースなど悩める女を幸せへと導く、人気セラピストの真髄！
く6 12

辻真先
村でいちばんの首吊りの木
手首がない女の死体を残して息子が失踪。無実を切望する母親は――レジェンドが騙りの技巧を凝らした極上のミステリ作品集、初文庫化！（対談・阿津川辰海）
つ5 4

実業之日本社文庫 も4 10

水《すい》族《ぞく》館《かん》メモリーズ

2023年8月15日　初版第1刷発行

著　者　木宮《もくみや》条《じょう》太郎《たろう》

発行者　岩野裕一
発行所　株式会社実業之日本社
〒107-0062　東京都港区南青山6-6-22 emergence 2
電話［編集］03(6809)0473［販売］03(6809)0495
ホームページ　https://www.j-n.co.jp/
DTP　ラッシュ
印刷所　大日本印刷株式会社
製本所　大日本印刷株式会社

フォーマットデザイン　鈴木正道（Suzuki Design）

ISBN978-4-408-55824-0（第二文芸）